THE LADY OF THE VINEYARDS

YANNIS RITSOS

The Lady of
the Vineyards

Translated by
APOSTOLOS N. ATHANASSAKIS

PELLA
PELLA PUBLISHING COMPANY
NEW YORK, NY 10001

Library of Congress Catalog Card Number 80-84407

ISBN 0-918618-10-X

Translation © Copyright 1978

by

PELLA PUBLISHING COMPANY, INC.

PRINTED IN THE UNITED STATES OF AMERICA
BY
ATHENS PRINTING COMPANY, INC.
461 Eighth Avenue
New York, NY 10001

TRANSLATOR'S NOTE

The translator gratefully acknowledges the assistance he received from Professors Bernard M. W. Knox, director of the Center for Hellenic Studies, and Peter Bien of Dartmouth College. They made many extremely useful suggestions. They share with the translator in whatever success he hopes to have had. He alone, however, reserves all rights to lingering flaws.

INTRODUCTION

The Lady of the Vineyards was written in Athens, in 1945, revised for publication in the following two years, and finally published as part of a larger collection in 1961. As its translator, I have been beset with some formidable difficulties for which I am sure I have not always found satisfactory solutions. The poem is so quintessentially Greek that to hope that all of its non-Greek readers will appreciate its beauty is as futile as to hope that retsina will become popular outside Greece, or that the wild clarinet music of the Greek mountains will send into sheer ecstasy those who have grown up listening to Bach and Beethoven. To the Greek, the figures of Makriyiannis, Nikitaras, and Kolokotronis are not unwieldy foreign names but names of heroes celebrated in widely known folk songs and given their rightful place in the pantheon inhabited by Miltiades, Alexander the Great, and St. George. Saints and heroes are not all that different. They all slay some monster, they all triumph over evil. To tell someone who has not been inside a Greek church on Palm Sunday that something smells as sweetly as "churches on Palm Sunday" is to speak to him in a foreign language. It is also speaking in a foreign language to say

"and all the air inside the house has grown thick round the
two wedding crowns with the waxen lemon blossoms"

to someone who does not know that the Greek woman places her wedding crowns by the ikons of the saints to whom she prays in a deliberate effort to give visible evidence of the sanctity which she attaches to her marriage. And speaking of ikons, how does one translate καντήλι into English without incorporating footnote material into the translation. Καντήλι is an ornate oil lamp

7

which looks much more like the incense burner Orthodox priests reverently swing back and forth before ikons and congregation. It is suspended before the ikons, and the gentle light which it gives in the night when there are no other lights must be a treasured memory in the heart of every Greek. There is no equivalent for this word in English. At best, the translator can come up with some periphrasis and hope to be forgiven for a fault that does not rest with him. Then there are whole complex images which are taken from the lives of Greek farmers and fishermen and which are bound to be strange and not easy to understand, especially for those readers who have never visited the country and spent long periods of time among its people. Yet, every translator knows this before he starts, and he still tries because he hopes that he might succeed in giving his reader a measure of the original— however truncated—and as much of the pervading spirit of the poem as his powers allow him to.

In essence, *The Lady of the Vineyards* is a deeply religious and a deeply patriotic poem. It is a sort of victory ode written to celebrate the victory of occupied Greece over her Nazi conquerors. The Germans are nowhere mentioned by name, but the poet makes it adundantly clear that they are the ones who have ravished the Vineyard and who have been expelled by its triumphant tutelary goddess and her loving children. The poet concentrates on the immediate heroic past, the War of 1821 against the Turks, mentions a figure from the Byzantine epic cycle once, and does not feel it necessary at all to invoke the classical past, despite his casual mention of Alexander the Great, whose "picture" is placed next to that of "auntie Paraskevoula"! The victory is one that modern Greece can claim as wholly her own. In fact, the land itself and all its living creatures have risen against the oppressors:

> "The trees hound them down, birds spit on them, the
>   dark-red
>   fire presses close at their heels, and the dead block their
>   roads with bones."

But the one towering and all-enveloping figure is that of The Lady of The Vineyards. She is the female mother figure; she is Demeter and Panagia (the Madonna) and every black-swathed Greek mother, who lost her sons in the war, all in one. She is indeed the Great Mother who is by her very nature as opposed to destruction as Demeter was to Hades, who raped her daughter, and as the Madonna is to the sinister forces which conspired to crucify her son. As such, she stands for light, for growth of plant, animal, and man, and for freedom. Her force, unlike that of the black iron-clad antichrists,

> "the dealers of death . . . with the broken crosses and the broken mouths"

is a positive one, just as life is positive and death is negative. This force thrives in peace and not in war, and is manifest in a baby's smile, in the beauty of an ear of corn, and in every facet of pro-creative genius that keeps life going.

The poet himself described the poem to me as Dionysiac. By that, as he explained, he meant that it is ultimately a song on the "enthusiasm" which intoxicated him when he could finally say

> "Stumbling and limping the dealers of death are gone."

And indeed, despite the Demeter-like figure of The Lady of The Vineyards, the poem is permeated by a stream of wild frenzy over the victory of the forces of life. And this is exactly what, despite its Greekness, makes it certainly not one of those literary items that one marks "not for export."

APOSTOLOS N. ATHANASSAKIS

May 1977
Washington, D. C.

THE LADY OF THE VINEYARDS

I

Κυρά τῶν Ἀμπελιῶν, ποὺ σ' εἴδαμε πίσω ἀπ' τὸ δίχτυ τοῦ πευκόδασου
νὰ συγυρίζεις μὲ τὸ χάραμα τὰ σπίτια τῶν ἀητῶν καὶ τῶν τσοπάνων,
πάνου στὴ φούστα σου ὁ αὐγερινὸς διάνευε τοὺς πλατιοὺς ἴσκιους τῶν
κληματόφυλλων
δυὸ ἀγουροξυπνημένες μέλισσες κρεμόντανε στ' αὐτιά σου σκουλαρίκια
καὶ τὰ πορτοκαλάνθια σοῦ ἔφεγγαν τὴ μαύρη, τὴν καμένη στράτα.

Κυρὰ μελαχροινὴ ποὺ ἡ ἀντηλιὰ σοῦ χρύσωσε τὰ χέρια σὰν τῆς
Παναγιᾶς τὸ κόνισμα,
πίσω στὸ σβέρκο σου, στὸ χνούδι τὸ σγουρό, σπίθιζε τὸ δροσὸ
τῆς νύχτας
σὰ νὰ μετάνιωσε λίγο προτοῦ νὰ σβήσει ὁ γαλαξίας
καὶ δέθηκε γιορντάνι στὸ λαιμό σου νὰ χυθεῖ στὴ ζεστασιὰ τοῦ
κόρφου σου.

Κ' εἶταν ἡ σιγαλιὰ πηχτὴ σὰ γάλα σ' ἐλατίσιο κάδο
καὶ τ' ὀργωμένο χῶμα εὐώδιαζε σὰν ἐκκλησιὰ τὴ μέρα τῶν Βαγιῶνε
κ' ἔβγαινε ὁ μπιστικὸς ἀπὸ τὸν ὕπνο του καθὼς ποὺ βγαίνει ὁ κάβουρας
ἀπ' τὸ νερὸ στὸ περιγιάλι
κι ἀστράφτει στὸ νωπὸ καβούκι του τὸ γαλάζιο τὸ πρωϊνὸ μὲ δυὸ
κουκκίδες ἄστρα.

Κυρὰ τρανή, τί σιγανὴ τῆς νεραντζιᾶς ἡ πρώτη καλημέρα
τί σιγανὸ τὸ βῆμα σου κ' ἡ ἀνάσα τοῦ ψαριοῦ πλάϊ στὸ φεγγάρι
τί σιγανὸ κουβεντολόϊ τοῦ μέρμηγκα μπροστὰ στῆς μαργαρίτας τὸ
ξωκκλήσι.
"Α, τί χρυσάφι ἀφήνει ἡ ἀχτίνα στὴ σταγόνα τῆς δροσιᾶς
ὅταν ἡ πούλια σοῦ κρεμάει στὸ μέτωπο τὸ ἐφτάκλωνο κλαδάκι τῆς
γαζίας
ἄ, πόση λουλουδόσκονη στριμώγνεται στῆς μέλισσας τὸ στόμα γιὰ
τὸ μέλι
πόση σιωπὴ μὲς στὴν καρδιά σου γιὰ τραγούδι.

I

Lady of the Vineyards, we have seen you behind the net of the pine forest
at daybreak, tidying up eagle nests and shepherd huts.
Upon your skirt the broad shadows of vine leaves quivered under the
    morning star.
Two groggy bees hung like earrings upon your ears
and orange blossoms shone upon your black, burnt-out path.

Dark Lady, the sun's afterglow gilded your hands like the Madonna's
    icon.
In the curly down of your neck glistened the night dew
as if it had a change of heart before the Milky Way vanished,
and was fastened on your neck like a necklace slipping into the warmth
    of your bosom.

The darkness was thick like milk in a fir bucket
and the ploughed land smelled as sweetly as churches on Palm Sunday.
The shepherd came out of his sleep as a crab comes out of the water to
    the beach,
while on its wet shell the morning glistens blue and dotted with two
    stars.

Great Lady, how quiet the first "good morning" of the bitter orange tree,
how quiet your step and the fish's breath beside the moon,
how quiet the chitchat of the ant before the daisy's chapel.
Ah, what gold the sunray leaves in a drop of dew
when the Pleiades hang upon your forehead the seven-twigged musk tree
    branch.
Ah, how much nectar for honey does the bee pack into its mouth,
how much silence there is in your heart for song!

Δῶ πέρα σμίγει ἡ νύχτα τὴν αὐγὴ σ' ἄτρεμο ρίγος
καὶ σένα, τὰ δυὸ χέρια σου, δετὰ γύρω στὸ γόνα τῆς γαλήνης, φέγγουν
σάμπως δυὸ περιστέρια φῶς ἀσάλευτα πάνω ἀπ' τὸ δάσος.

II

Κυρά, μέσα στὸ σπίτι μας κανεὶς ποτὲ δὲ μίλαγε γιὰ σένανε
ὅμοια καθὼς δὲ λέγαμε «ἀνασαίνω γιὰ νὰ ζήσω», μοναχὰ ἀνασαίναμε,
κι ὅταν, φορὲς - φορές, ἡ πίκρα μᾶς μαντάλωνε τὸ στόμα
σὲ βλέπαμε νὰ στραφταλίζεις μονομιᾶς πίσω ἀπ' τοὺς ὤμους τῆς
    μητέρας
ἔτσι ποὺ μιὰν αὐγὴ κατηφορώντας κακοτράχαλη πλαγιὰ κατὰ τὸν
    κάμπο
βλέπουμε τὴν καμένη ἀπὸ τὸν πάγο ἀμυγδαλιὰ νὰ φέγγει μέσα στὰ
    λουλούδια της.

Τὸ ἴδιο, κι ἂς μὴν τὸ λέγαμε, σὲ βλέπαμε νὰ τριγυρνᾶς νοικοκυρὰ στὰ
    δώματα δίχως ν' ἀκούγονται τὰ γυμνὰ πόδια σου
κ' εἴσουνα ἐκεῖ, στὴ σιγαλιὰ ποὺ κατακάθιζε στὶς τέσσερεις γωνιὲς
    μετὰ τὸ δεῖπνο
στὴ σιγαλιὰ ποὺ γίνονταν τὴ νύχτα ἀνάμεσα στὴν ἀστραπὴ καὶ στὴ
    βροντὴ τῆς θύελλας
τότε ποὺ βλέπαμε ἀπ' τὰ τζάμια νὰ κρεμᾶν οἱ μουσκεμένοι Ἀγγέλοι
    στ' ἀκροβούνια
κάτι μεγάλες ἀνεμόσκαλες ἀπὸ νερὸ καὶ λάμψη.

Σὲ βλέπαμε στὸ χέρι ποὺ ἔδειχνε τὸν κάμπο λέγοντας «τὸ χῶμα εἶναι
    καλὸ» ἢ «ὁ Θεὸς μαζί σου»
στὸ χέρι τῆς γιαγιᾶς ποὖκανε τὸ σταυρό της μουρμουρίζοντας
    «δι' εὐχῶν τῶν Ἁγίων Πατέρων»

Here night and dawn mingle in a still shiver,
and, as you rest, your two hands clasp your knee
and shine like two doves of light over the forest.

II

Lady, in our house no one ever spoke of you,
just as no one said, "we breathe to live," we just breathed.
And when, from time to time, bitterness latched our mouths
we saw you suddenly glitter behind our mother's shoulders,
just as on some morning running down a rugged slope toward a plain,
we see the frost-burnt almond tree shine among its flowers.

So, too, though we did not mention it, we'd see you walk about like the
    mistress of the house, your bare feet inaudible.
And there you were, in the quiet that settled in the four corners after
    supper,
in the quiet of the night between the storm's thunder and lightning.
It was then we saw through the windows the soaked angels
hang upon mountain peaks ladders of light and water.

We saw you in the hand that pointed to the plain and said "The earth
    is good," or "God be with you,"
in grandma's hand when she crossed herself and murmured "Through
    the prayers of our Holy Fathers";

στὸ χέρι ποὺ σταυρώνει τὸ ψωμὶ μὲ τὸ μαχαίρι, σίγουρο καὶ τίμιο,
στὴ σκιὰ τοῦ κύρη ποὺ μᾶς τύλιγε μὲ μιὰ παλληκαρίσιαν ἄχνα
καὶ στὸ μικρὸ χαμόγελο τῆς μάνας μας ποὺ τὸ κρεμοῦσε πάνω
ἀπ' τὸ πανέρι της μὲ τὶς χρωματιστὲς κλωστὲς καὶ μὲ τὶς δαχτυλῆθρες
τὴν ὥρα πού, σὰ στόμα γκαρδιακό, τὸ σπιτικὸ ψαλίδι, κόβοντας τὸ
γταμωτὸ πουκάμισο τοῦ Μάη,
ἔλεγε ντροπαλὰ «μὲ γειὰ καὶ μὲ χαρά σου».

Συχνὰ-πυκνὰ μᾶς βρίσκαν δύσκολες χρονιὲς κ' ἔμεναν ἄδεια τοῦ
λαδιοῦ τὰ κιούπια
κ' ἔμεναν ἄδεια τοῦ σταριοῦ τ' ἀμπάρια σὰν τὴν Ἅγια Τράπεζα ποὺ
τὴ διαγούμισαν οἱ ἄνεμοι καὶ τὰ χρόνια
κάθε φορὰ ποὺ ἐρχόνταν κάτι ξένοι μὲ γυαλιστερὰ κουμπιὰ καὶ ψηλὲς
μπότες.

Τότες ἡ μάνα μας κοιτοῦσε τ' ἀπογέματα τ' ἄσπρο τετράγωνο τοῦ
φεγγαριοῦ νὰ σέρνεται στὸ πάτωμα
σὰν κάποιο γράμμα ποὺ τῆς ἦρθε ἀπὸ μακριά, κ' ἔσφιγγε τὸ πικρὸ
σαγόνι της.
Τότες τὸ μεσονύχτι σηκωνόταν ὁ πατέρας μας καὶ κάθονταν στοῦ
κρεββατιοῦ τὴν ἄκρη,
ἔχωνε τὸ πηγούνι του στὶς φοῦχτες του σὰ δαγκωμένο βόλι
κι ἄνοιγε τὸ παράθυρο καὶ μελετοῦσε στ' ἄστρα τὸν καιρὸ καὶ τὴ μοίρα
σὰ ν' ἄνοιγε τῆς Πλάσης τὴ μεγάλη Βίβλο καὶ νὰ διάβαζε μονάχος
τοὺς ψαλμοὺς τοῦ Δαυῒδ μπροστὰ σὲ Σένα.

Τότε κ' ἐμεῖς, παιδιά, ποὺ ξαγρυπνούσαμε κρυφά, κουκουλωμένοι στὴ
βελέντζα,
ἀκούγαμε σὰν μέσα ἀπὸ ξερὸ πηγάδι τὴ φωνή Σου
ἀκούγαμε σὰν μέσα ἀπ' τὴν παλιὰ κασέλα τὴ ζωγραφιστὴ μὲ μαῦρα
κυπαρίσσια
«ἔννοια σου, ἐγὼ εἶμαι ἐδῶ» κι ἀποκοιμιόμασταν σφίγγοντας ἕνα
ἀστέρι στὴν καρδιά μας
καὶ μὲς στὸν ὕπνο μας ἀκούγαμε κάποιους ποὺ ἐφτάναν, κάποιους ποὺ
ἔφευγαν

in the hand that sliced the bread crosswise, sure and honest,
in our father's shadow that enveloped us with an aura of manly courage,
and in our mother's bitter smile, the smile hung
above the basket of varicolored threads and thimbles
when, like the mouth of a bosom friend, the scissors of the house, cutting
      May's checkered shirt,
would say "wear it in good health."

Often lean years came, and the jars of olive oil were empty.
Empty, too, were the grain bins, like a holy altar plundered by the winds
      and years,
every time that certain strangers with shining buttons and high boots
      came around.

Then evenings our mother watched the moon's white square glide along
      the floor,
like a letter come from far away, and she clenched her bitter jaws.
Then, at midnight, father would rise and sit at the bed's edge,
his chin sunk into the hollow of his hands like a bitten bullet,
and he'd open the window and read the stars, the weather and fate,
as if he'd opened creation's great Bible and read alone the Psalms of
      David before You.

Then we, the children, secretly awake under a woolen blanket,
heard Your voice as if it came from a dried-up well,
or from the old hope chest with the black cypress trees painted on it:
"Don't worry, I am here." And we'd fall asleep, clutching a star to our
      hearts,
and in our sleep we'd hear people who came and others who left,

κάτι μουγγά χτυπήματα σάμπως νά κρούονταν ἅρματα
καψούλια πού ἅναβαν μακριά μὲς στοὺς καπνοὺς κ' ἕνα φεγγάρι
σίγουρο σάν τοῦ Νικηταρᾶ τὸ γόνατο
χέρια φαρδιά πού σφίγγονταν κι ὁρκίζονταν ἀπάνου στὸ σπαθί τοῦ
Μακρυγιάννη,
καὶ μισανοίγοντας τά μάτια μας βλέπαμε ὁρθὸ τὸν Πρόγονο στὴν πόρτα
νά γεμίζει τὴ μπασιά μὲ τὴν ἀντρειά του
σά σφουγγαράς μέσα στῆς νύχτας τά νερά πού γύρω του
γλιστρούσανε τῶν ἀστεριῶν τά ψάρια
κ' ἔτσι νά λέει σὲ κάποιονε πού φεύγει «καλὸ βόλι».

III

Κυρά τῶν 'Αμπελιῶν, πῶς νά κρατήσουμε στοὺς ὥμους μας τόσο οὐρανὸ
πῶς νά κρατήσουμε τόση σιωπή μ' ὅλα τά μυστικά τῶν δέντρων;

῎Ενα δελφίνι ἀστράφτοντας κόβει τή σιγαλιά τῆς θάλασσας
ἔτσι πού τὸ μαχαίρι κόβει τὸ ψωμί πάνου στὴν τάβλα τῶν ψαράδων
ἔτσι πού ἡ πρώτη ἀχτίνα κόβει τ' ὄνειρο.

Πέτρα στὴν πέτρα λάμπει ὁ δρόμος καὶ πουλί μὲ τὸ πουλί ἀνεβαίνει
ἡ σκάλα
κι ὁ ἥλιος, μισὸς στὴ θάλασσα, μισὸς στά οὐράνια, λαμπαδιάζει
ὅπως τὸ πορτοκάλι μὲς στὴ φούχτα σου κι ὅπως τ' αὐτί σου κάτου
ἀπ' τά μαλλιά σου.

Κ' ἔτσι στητὴ καὶ δυνατὴ καταμεσῆς στὸν κόσμο
κρατώντας στὸ ζερβί σου χέρι τὴ μεγάλη ζυγαριά καὶ στὸ δεξί τὴν
ἅγια σπάθα
εἶσαι ἡ ὀμορφιά κ' ἡ λεβεντιά κ' εἶσαι ἡ 'Ελλάδα.

certain hollow sounds as if from clashing arms,
shots fired in the distance amid smoke and the light of a moon as sure as
    the knee of Nikitaras,
and broad hands clasping and swearing upon the sword of Makriyannis.
We'd half-open our eyes and see our Ancestor erect at the door, filling
    the entrance with his prowess,
like a sponge-diver in the dark waters, round whom stars and fish glided.
We'd hear him say to one departing "If you are struck by a bullet, may
    the death it brings be swift."

III

Lady of the Vineyards, how can our shoulders carry so much sky,
how can we bear so much silence about the secrets of the trees?

A gleaming dolphin cleaves the quiet sea
as the knife cuts the bread on a fisherman's table,
and as the first sunray sunders the dream.

Every stone on the road shines, and every bird is a step on the heavenward
    ladder,
and the sun, halved between sky and sea, is all aflame,
like the orange in the hollow of your hands or the ear under your hair.

And thus, erect and powerful in the center of the world,
holding with the left hand the great scale and with the right the holy
    sword,
you are beauty and excellence and you are Greece.

Ὅπως περνᾶς ἀνάμεσα στ᾽ ἀραποσίτια σκίζοντας τοῦ ἀγέρα τὸ μετάξι
ξανθὲς οἱ φοῦντες τοῦ καλαμποκιοῦ σοῦ τρίβονται στὶς ἀμασκάλες
σὰ νὰ σοῦ τρίβεται τὸ νιόφυτο μουστάκι τοῦ τσοπάνου
καὶ κύμα - κύμα ἡ ἀνατριχίλα χύνεται στὰ στάχυα
κ᾽ ἦχο τὸν ἦχο πλατάνια γέρνουνε στὶς κρῆνες
κ᾽ εἶναι γύρω - τριγύρω τὰ βουνὰ σὰν τὰ σταμνιὰ ποὺ καρτερᾶνε νὰ
        γεμίσουν.
Κυρὰ τῶν Ἀμπελιῶν, πάνου στὰ στήθεια μας ἀντιφεγγίζει ἡ ὄψη σου
ὅπως φωτάει ἕνα ἄσπρο σύγνεφο τὰ δασωμένα βουνοπλάγια
καὶ τὸ ποτάμι σ᾽ ἀκλουθάει σὰν ἥμερο λιοντάρι
ὅταν μοιράζεις τὶς ἀχτίνες στὰ νερόκλαδα
ὅταν μοιράζεις στοὺς βοσκοὺς μπαρούτι καὶ τραγούδι
καὶ σὲ φωνάζουν ἀδερφὴ τ᾽ ἄλογα καὶ τὰ προβατάκια.

IV

Πάνου στὸ ἐλάτι πελεκῆσαν τὴν κολώνα σου οἱ βουνόζωστοι
πάνου στὴν πέτρα πελεκῆσαν τὴ σιωπή σου οἱ θεριστάδες
τὰ περιστέρια σοῦφεραν χρωματιστὰ πεσκίρια
ἄσπροι λαγοὶ σοῦ χάρισαν ἕνα ζευγάρι Ἀπρίληδες
κι ὁ γλάρος μιὰ κορδέλα φῶς σιδερωμένη ἀπ᾽ τὰ δελφίνια.
Σπετσιώτικα καράβια μὲ τριπλὰ πανιὰ σοῦ ἄναψαν τὰ μελτέμια
μπάρκα μονεβασίτικα σοῦ στείλαν τὸ φεγγάρι νὰ λευκάνεις τὰ
        προικιά σου
κι ὁ κοκοβιὸς τρεκλίζοντας σοῦ κουβαλάει δυὸ δειλινὰ γιὰ πανωσέντονα
κ᾽ ἕναν καθρέφτη γαλανὸ στὸ ἁλάτι σκαλισμένον.

Στρῶσε ξανὰ στρῶμα φαρδὺ μὲ δροσερὰ καλαμποκόφυλλα
χῶσε τὰ μάτια σου βαθιὰ μέσα στ᾽ ἀστέρια
ἔτσι ποὺ χώνεται τὸ χέρι μὲς στ᾽ ἀμπάρι μὲ τὰ μύγδαλα
νὰ μᾶς φιλέψεις, ἄϊ, Κυρά, ποὺ καρτερᾶμε στὴν αὐλή σου
νὰ μᾶς κεράσεις τὸ χορὸ νὰ σκάσουμε τὸ χάρο.

As you cross the cornfields, tearing the silken air,
the corn's golden tassels rub your armpits,
and it is as if a youthful shepherd rubbed them with his moustache.
Rippling shivers run through the ears of corn,
rustling plane trees bend over cool springs,
and, all around, the mountains are like water jars waiting to be filled.
Lady of the Vineyards, your face shines upon our breasts
as a white cloud shines upon the wooded mountain slopes.
The river follows you like a tame lion
when you give sunlight to water plants
and gunpowder and song to shepherds,
as horses and little sheep call you their sister.

IV

Those girt by the mountains carved your pillar on fir wood
and on stone your silence was carved by the reapers.
Doves brought you kerchiefs of many colors,
white hares gave you two Aprils
and the gull a ribbon of light pressed by the dolphins.
Three-masters from Spetses set the summer winds on fire.
Skiffs from Monevasia sent the moon to help you wash your trousseau,
and a wobbling goby fetches you two evenings for coversheets
and a blue mirror carved in salt.

Make a broad bed of dewy corn leaves,
bury your eyes deep into the stars
as the hand buries itself in an almond bin;
and treat us, Lady! We are waiting in your yard—
pay the musicians for the dance and we'll drive Death to madness.

V

Περνᾶνε οἱ μέρες κουβαλώντας στὸ κεφάλι τους πανέρια μὲ σταφύλια.
Στρίβουνε τὸ πευκόδασο — δὲν τὶς ἀκοῦς ποὺ φεύγουν.
Ἀφήνουν πίσω τους ἀσάλευτο ἕναν ἦχο ἀπὸ νερὰ κρεμάμενα.
Δὲν τὸν ἀκοῦς οὔτε τὸν ἦχο, γιατὶ πάνου στὴν ποδιά σου ὁ τζίτζικας
    κουρντίζει τὸ βιολί του
πάνου στὰ χέρια σου οἱ ροδακινιὲς ρίχνουνε τὰ μαντίλια τους
καὶ φέγγουν τὰ κεράσια, φαναράκια κόκκινα, στὸ δειλινό σου δρόμο.

Τὰ βράδια ποὺ γυρνᾶς ἀργὰ μὲ μιὰ στάμνα στὸν ὦμο σου
μ' ὅλη τὴ σιγαλιὰ τοῦ κάμπου περασμένη στὸ μπράτσο σου σὰν καλάθι
    μὲ κούμαρα,
ὁ ἀποσπερίτης περπατάει σιμά σου ἀνάμεσα στὶς πικροδάφνες
βρέχει τὰ δάχτυλά του στὸ ποτάμι καὶ δὲν ξέρει νὰ μιλήσει
σὰν τὸ βοσκόπουλο ποὺ ἀχνὰ κοιτάζει τὴ φλογέρα του καὶ δὲν τὴ
    φέρνει πλάϊ στὰ χείλη του
τρέμοντας μήπως σπάσει κ' ἡ καρδιά του κ' ἡ φλογέρα του.
Τότε τὰ βόδια ἀσάλευτα σὰ σκαλιστὰ στὸ βράχο
κοιτᾶν τὴ δύση καὶ δυὸ γνέφια ἀπ' τὴν ἀνάσα τους θυμιάζουν τὸν ἀγέρα
κι ὁ ἴσκιος τους μὲς στὴν κόκκινη ἀντηλιὰ σκίζει τὸν κάμπο σὰν καράβι.

Ὅταν οἱ πόρτες κλείσουν στὴ νυχτιὰ καὶ τὸ λυχνάρι τοῦ σπιτιοῦ
    νυστάξει
κι ὅταν ἀπάνου στὸ τραπέζι μείνει μόνο τὸ ψωμὶ σὰν τὴν ψυχὴ τοῦ
    κόσμου,
τὸ ξέρουμε πῶς πάλι Ἐσὺ θὰ σεργιανίζεις τὴν αὐλή μας
κρεμώντας πέντε ἀραποσίτια ἀπ' τὴν ἀστροφεγγιὰ στ' ἀνώφλι τοῦ
    σπιτιοῦ μας
ποτίζοντας μὲ τὸ σταμνί σου τὶς τριανταφυλλιές μας.

V

The days pass carrying grape-filled baskets on their heads.
They turn at the pine forest and you don't hear them go—
behind them they leave the sound of a suspended stream.
And you do not hear the sound, because upon your apron the cicada
    tunes its violin,
upon your hands the peach trees shed their kerchiefs
and cherries shine like little red lamps along your dusky path.

When late in the evening you return with a water jar upon your shoulder
and with all the quiet of the plain hanging from your arm like a basket
    filled with arbute-berries,
the evening star walks by your side amid the oleanders
and dips his fingers into the river, unable to talk,
like the shepherd boy who casts a faint glance upon his pipe but does not
    bring it to his lips
for fear that heart and pipe might burst.
Motionless then the oxen, as if carved on rock,
gaze upon the setting sun and breathe into the air two clouds of incense,
and their shadows in the sun's red afterglow cleave the plain like ships.
When the doors shut the night out and the house lamp is about to fall
    asleep,
when upon the table the bread is left alone, like the soul of the world,
we know that You stroll again about our yard
to hang five starlit ears of corn on our lintel
and to water our rosebushes from your jar.

Κ' ἔτσι γύρω ἀπ' τὸν ὕπνο μας σκόρπια τὰ βήματά σου
σὰν τὰ κουδούνια τῶν ἀργιῶν ἀνάρια-ἀνάρια γύρω στὸ βοσκὸ τῆς
      Σπάρτης
κ' ἔτσι ἀλαφρὺ τὸ πέρασμά σου ἀπ' τῶν ξωμάχων τὰ ὄνειρα
ὅπως ἡ Παναγία περνάει ἀνάμεσα στὶς κοιμισμένες ἀγελάδες
κι ὅπως τὸ ἐλάφι ἀνάμεσα στὶς καλαμιὲς τῆς ὄχτης.

Καὶ κεῖνος ὁ ἦχος τοῦ νεροῦ κρεμάμενος μέσα στὴ νύχτα
πήζει ἀπ' τὸ κρύο τῶν ἀστεριῶν σὲ κρυσταλλένια κρίνα
ποὺ καρτεράνε νὰ τὰ βάλουμε μὲς στὸ ποτήρι τῆς ψυχῆς μας.

                                    VI

Τὸ σπίτι εἶναι ἥσυχο, συγυρισμένο καθὼς εἶναι τὰ μεγάλα
      διπλοσέντονα μὲς στὸ σεντούκι μὲ λεβάντα.
Ὁ ἥλιος τὄχει ἀσβεστωμένο μέσα κ' ἔξω κ' εἶναι ριζωμένα τὰ
      θεμέλια του
μέσα στὴ δροσερὴ σιωπὴ τοῦ χρόνου.

Κάθε ποὺ τ' ἀστροπέλεκο ξύνει τῆς ἐρημιᾶς τὸν καπνοδόχο
ἐτοῦτο σίγουρο ἀπαγκιάζει στῶν δεντρῶν τὰ κυριελέησον
μὲ τὸ μεγάλο τζάκι του γιὰ νὰ κονεύουν οἱ φτωχοὶ καὶ τ' ἄλογα τὰ
      μουσκεμένα
μὲ τ' ἀγκωνάρια του τὰ διπλοσταυρωτὰ σὰν πέτρινα καρβέλια
μὲ τὰ δοκάρια του γερὰ σὰν τὶς πλάτες τοῦ κύρη μας
κι ὅλο μοσκοβολάει ὀξυά, κυπαρισσόμηλο καὶ κέδρο.

Μὲ τὸ λουλάκι τ' οὐρανοῦ βαφτῆκαν τὰ σκουτιὰ καὶ τὰ προσόψια μας,
στὴ μέση στέκει τὸ τραπέζι διάπλατο γιὰ τοὺς μουσαφιραίους
ὡς στέκουν τὰ βουβάλια στὴ νεροποντή, καὶ μὲς στοὺς μύλους οἱ
      μυλόπετρες.

When we sleep you pace round us now and then
as now and then sheep bells ring round the Spartan shepherd.
Your passage among the dreaming country folk
is as light as that of the Madonna among the sleeping cows,
or as that of the deer among the reeds on the river bank.

And that sound of the water, the sound suspended in the night
under the cold stars, freezes into lilies of crystal,
and we wait to put them into the goblet of our soul.

VI

The house is quiet, tidy, like the great double sheets in the chest that
    smells of lavender.
The sun has washed it white both inside and outside, and its foundations
    have taken root
in the dewy silence of time.

Every time thunder scrapes the lonely chimney
this house finds refuge beneath trees bending with adoration.
Its hearth is big so that the poor and horses soaked in the rain
    may lie by it.
Its cornerstones—loaves of rock—are paired crosswise,
its roof beams are as sturdy as our father's shoulders,
and it smells sweetly of beech, cones of cypress tree, and cedar.

The sky's blue has dyed our clothes and face towels,
and the table stands in the middle, ever ready for guests;
it stands like the buffalo in the rainstorm, like the millstone in the mill.

Ὅ,τι ἀκουμπήσεις πάνω του φτουράει σὰ νὰν τὸ βλόγησε ἡ ὑπομονὴ
    τῆς μάνας μας,
πληθαίνει τὸ ψωμὶ καὶ τὰ λαγήνια μας γεμίζουνε ρετσίνα
κι ὅταν ἀδειάζει τὸ σκουτέλι ἀνάμεσα στὰ ψίχουλα τοῦ δείπνου
γίνεται τὸ σκουτέλι μας καλοκαιριάτικο φεγγάρι ἀνάμεσα στ' ἀστέρια.

Ἀπάνου στοὺς σουβάδες μένει ἀνέγγιχτος ὁ ἴσκιος ἀπ' τὶς γενειάδες
    τῶν παππούδων μας
ὁ ἴσκιος ἀπ' τὶς χατζάρες καὶ τὶς καραμπίνες τους
οἱ ἴσκιοι ἀπ' τὰ χέρια τῶν παιδιῶν ποὺ φτιάχναν μὲ τὸ φῶς τοῦ λύχνου
πρόβατα, γαϊδουράκια καὶ γοργόνες προτοῦ πέσουνε στὸ στρῶμα.

Ἔτσι κ' οἱ τοῖχοι τοῦ σπιτιοῦ μας γίνηκαν σὰ φλωροκαπνισμένα
    κονοστάσια —
ἐδῶ ἡ Μαρία κι ὁ Ἰωσὴφ κι ὁ Γιός τους κι ὁ Ἄλλος ὁ Πατέρας
ποὔχει χοντρὰ μαλλιὰ σὰν καραβόσκοινα καὶ ποὺ κρατάει στὰ χέρια
    του ἕνα τόπι
(ἕνα μεγάλο τόπι ποὔχει ἀπάνω του ζωγραφισμένη ὅλη τὴν
    Πελοπόννησο)
πιὸ πέρα ὁ Μεγαλέξαντρος, ἡ θειά-Παρασκευούλα κι ὁ Κολοκοτρώνης
κ' Ἐσὺ ἀχνοφέγγοντας, Κυρὰ τῶν Ἀμπελιῶν, πίσω ἀπ' τὰ λιόδεντρα,
    πίσω ἀπ' τὰ κυπαρίσσια,
σταυρός, σπαθὶ καὶ δόξα, ἀγνάντια σ' ὅλων τῶν ἐχθρῶν μας, μέσα κ'
    ἔξω, τὰ λεφούσια.

VII

Ὅλο τὸ σπίτι μας μοσκοβολοῦσε ρίγανη, κερὶ λιωμένο καὶ μπαρούτι
μὰ πιότερο τὶς μέρες ποὔβρεχε κ' ἔμπαινε ἀπ' τὶς χαραματιὲς τῶν
    χωραφιῶν ἡ ἀνάσα
φουσκὶ βρεμένο, ἀλυγαριά, σανός, ρετσίνι, σιναπόσπορος.

Whatever is laid on it lasts as if blessed by our mother's patience.
Our bread is multiplied and the wine jars are filled with retsina,
and our empty platter among the crumbs left from supper
shines like a summer moon among the stars.

Upon the white-washed walls the shadows of our grandfathers' beards
     are untouched,
as are the shadows of their carabins and daggers
and the shadows of children's hands that by the lamplight
made shadow puppets—sheep, donkeys, mermaids—before they lay down
     for sleep.

So the walls of our house became like silver-gilt icons.
Here are Mary, Joseph, their Son and the Other Father,
who has hair coarse as ship ropes and in his hands holds a ball
—a great big ball with all of the Peloponnese painted on it—
and next Alexander the Great, auntie Paraskevoula, and Kolokotronis;
and then You, Lady of the Vineyards, faintly luminous behind the
     olive trees and the cypresses
—cross, sword and glory in one—
staring at all enemy hordes, within and without.

VII

All of our house smelled sweetly of oregano, melted wax and
     gunpowder—
more so on rainy days when the breath of the fields entered through
     the chinks, a breath
of wet dung, osier, hay, resin and mustard-seed.

Τότε τὸ χάναμε τὸ σπίτι μας — γινόταν σὰν τρικάταρτο ποὺ ἀρμένιζε
στὶς πέντε θάλασσες
ἢ σὰν τὴν κιβωτὸ ποὺ σκαμπανέβαζε στὰ οὐρανοκρέμαστα ποτάμια
κ' εἴμαστε μέσα ἐμεῖς, μαζὶ κ' οἱ κόττες, τὸ γουρούνι κ' ἡ κατσίκα μας
μὲ τὰ τρία νιογέννητα
γι' αὐτὸ μοσκοβολοῦσε κουτσουλιά, σάπιο κυδώνι κι ἄχερο.

Ἡ μάνα μας, ἀπ' ὅταν τὴ θυμᾶμαι, εἶταν ντυμένη μὲς στὰ μαῦρα
γιατὶ ὅλο κάποιος ἀπὸ τοὺς δικούς της θὰ μᾶς εἶχε ἀφήσει χρόνους
ὡστόσο ἐμεῖς τὸ ξέραμε πὼς πάρα μέσα δὲν τῆς λείπει τὸ γαλάζιο
     μεσοφόρι
γι' αὐτὸ τὰ μάτια της, τὸ βράδι, μὲς ἀπ' τὶς ρυτίδες της
εἶταν σὰ δυὸ ἀστρουλάκια ἀνάμεσα στὰ φύλλα τοῦ ἐλαιώνα.

Δῶ μέσα εἶναι ὅλα ἁπλὰ καὶ σιωπηλὰ καὶ παστρικά, ὅπως εἶναι
τ' αὐτιὰ τοῦ πιὸ μικροῦ μας ἀδελφοῦ ποὺ τὸν πηγαίνουνε τὴν Κυριακὴ
     στὴν ἐκκλησία —
τὸ κάθε πράμα βρίσκεται στὴ θέση του μέσα στοῦ τοίχου τὸ ντουλάπι
ὅπως τὸ μέλι στὰ κελλάρια τῆς κερήθρας —
τὸ καφεκούτι, τὰ δαφνόφυλλα γιὰ τὶς φακὲς καὶ τὸ στυφάδο
τὸ χαμομήλι καὶ τὸ μολοχάνθι κ' οἱ βεντοῦζες γιὰ τὶς θέρμες
τὰ βάζα μὲ τὸ στρογγυλὸ νεράντζι, τὴ μαστίχα καὶ τὸ κίτρο
καὶ τ' ἀσημένια κουταλάκια τῆς γιαγιᾶς γιὰ ὅταν μᾶς ἔρχονται
μουσαφιραῖοι τὶς σκόλες.

Δὲν πελαγώνουμε ποτές. Ὅ,τι γυρέψεις ξέρεις ποῦ θὰν τὅβρεις.
Ἡ ρόκα, τὰ σταμνιά, οἱ ἄνθρωποι κ' οἱ καρέκλες κι ὁ κατρέφτης,
ὅλα σφιχτοδεμένα καὶ καλοβαλμένα ὡς εἶναι τὰ κουκκιὰ μέσα στὸ
     ρόϊδι —
κι ἂν τρίξει κεραμίδι κι ἂν ραγίσει τοῖχος
σκουπίζει ἡ μάνα μας τὰ μάτια της, κ' ἐμεῖς τὅχουμε μάθει
πὼς τὰ κουκκιὰ αὐγαταίνουνε καὶ σπάζει τοῦ ροΐδιοῦ τὸ φλούδι.
Καὶ πάνου ἀπὸ τὴ στέγη μας στέκει κάθε βραδιὰ ἡ γαλήνη ἀσάλευτη
ἔτσι ποὺ στέκει ἀπάνου ἀπάνου στὴν καντήλα μας δυὸ δάχτυλα τὸ λάδι.

Then we'd lose our house. It became a three-master that sailed the
    five seas,
or an ark that heaved amid the sky's torrents.
And we were all inside, with our chickens, the pig, our goat and its three
    newborn kids.
This is why it smelled sweetly of chicken droppings, rotten quince and hay.

Ever since I can remember, our mother was dressed in black
because always a relative of hers had gone to his rest,
but we knew that underneath she wore a blue petticoat.
So at night, from among her wrinkles, her eyes
shone like two tiny stars among the leaves of our olive grove.

Inside the house all things are simple and neat and quiet,
like our little brother's ears when we take him to church Sunday
    mornings.
Each thing has its place in the cupboard on the wall,
just like honey in the cells of a honeycomb:
the coffee-box, bay leaves for lentils and *stifado*,
camomile, mallow blossoms, cupping glasses for fevers,
vases filled with round bitter oranges, mastic, citron,
and granny's silver spoons for guests who'd visit us on holidays.

We are never at a loss. You know where to find whatever you want:
the distaff, earthenware jars, people, chairs, the mirror.
Everything is as snug and tidy as the seeds inside the pomegranate.
And if a roof tile creaks or there is a crack in the wall,
our mother wipes her eyes, and we've learned
that seeds grow and the pomegranate rind bursts open.
And every night above our roof quiet is as motionless
as the two finger-widths of oil above the water of our lamp before the icons.

VIII

Ἔξω στὶς πλάκες τῆς αὐλῆς μας πέρναγε ἡ νυχτιὰ μὲ τὸ ταγάρι της
καὶ τὸ σκυλί της.
Ἀκούονταν σύναυγα ἡ μαγκούρα της μακριὰ σὰν τοῦ ἀργαλειοῦ
τὴ χτένα.
Ἡ ἀσβεστωμένη μάντρα εἶταν στρωτὴ σὰν τοῦ περιστεριοῦ τὸ σβέρκο
κ᾿ ἕνα ἄσπρο φῶς σὰ γυάλινο ἄλογο χανότανε στὸ δάσος.

Κάθε ἐποχὴ μᾶς ἔφερνε τὰ φροῦτα της καὶ τὸ δικό της μοσκοβόλημα —
τὰ φύλλα τῆς κληματαριᾶς γίνονταν λίγο-λίγο σὰν παλάμες ἀπὸ
μάλαμα
ὕστερα οἱ βέργες κουλουριάζονταν σὰν παγωμένα φίδια,
νότιζαν τοῦ σπιτιοῦ μας τὰ κλειδιὰ κι ὁ ἥλιος γινόταν σὰν τὸ βάζο
τῆς κουζίνας μὲ τὸ ἁλάτι.

Τὸ Χινόπωρο φόραγε μιὰ πατατούκα ἀπὸ σταγόνες καὶ καπνὸ
κι ἂν ρώταγες τὸ βράδι κάποιον «ποῦ εἴσουνα;» σοῦ ἀποκρινόταν:
«κεῖ πέρα, πέρα» κ᾿ ἔσερνε ξοπίσω του ἕνα σύγνεφο σὰν προβατίνα.
Οἱ κυδωνιές, ἀργότερα, σφίγγανε πάλι τὶς γροθιές τους
οἱ ντομάτες κοκκίνιζαν σὰ φιλημένα μάγουλα
ἕνα κλωνάρι δυόσμος φύτρωνε μὲς στὴ ραγισματιὰ τοῦ τοίχου
κ᾿ ἡ ντουφεκιὰ τοῦ γέρο-Δήμου βούιζε στὸ πλατανόρεμα.

Τότε τὰ γένεια τοῦ παπποῦ βγάζανε κομπαράκια κόκκινα
σὰν τὰ πουρνάρια τοῦ ὄχτου ὅταν βροντάει στὰ καταρράχια ὁ ἥλιος.

Περνάει, περνάει, γυρνᾶ ὁ καιρὸς — ροδάνι, κόκκινη κλωστὴ δεμένη
καὶ μεῖς, Κυρά μου, ἀπὸ ντουφέκι σὲ φλογέρα, κύκλο-κύκλο,
σκαλίζουμε τσαμπιὰ σταφύλια στοῦ ἀμπελιοῦ τὰ ξερὰ κούτσουρα
σκαλίζουμε τὸ μπόϊ σου στὰ κυπαρίσσια
καὶ τὸ σύγνεφο γίνεται σεντούκι μὲ φλουριὰ
καὶ τὰ κυπαρισσόμηλα κεράσια
καὶ σύ, Κυρά, μὲ τὸ νωπὸ στάχυ τοῦ ἀποσπερίτη μὲς στὸ χέρι σου
βλογᾶς τὴν ἐρημιὰ τοῦ κάμπου καὶ τὶς πετρωμένες βρύσες.

VIII

The night walked on the flagstones of our yard, her dog behind her, her
     bag slung over her shoulder.
At dawn one heard her cane in the distance, its knock the sound of a
     loom.
Our white-washed yard wall was smooth like a dove's neck
and a white light, like a horse of glass, vanished in the forest.

Every season came with its fruits and scents—
the leaves of our vine arbor became palms of silver,
and then its twigs coiled like frozen snakes.
The house keys became damp and the sun took the shape of the salt bowl
     in the kitchen.

Autumn wore an old coat, dripping and smoked up,
and if you asked someone at night "Where have you been?", he said:
"Oh, over there," and dragged behind him a ewe-like cloud.
Later the quince trees clenched their fists again
and the tomatoes blushed like cheeks that had been kissed.
A twig of mint grew in some crack on the wall
and a shot fired by Yerodemos resounded along a stream covered by
     plane trees.

Then in grandfather's beard grew little red knots
like those of the scrub oak when the sun beats down on hilltops.

Ah, the time does pass like red yarn on the spinning wheel,
and we, my Lady, coming full circle from rifle to pipe,
carve clusters of grapes on the vineyard's dry stumps.
We carve your body in full height on the cypress trees;
the cloud becomes a chest filled with florins,
the cypress tree cones become cherries,
and you, Lady, with the evening star's ear of corn in hand,
bless the deserted plain and springs turned to stone.

IX

Καθόντουσαν στὸ λιόφυτο δίπλα στὶς ἀγελάδες τους.
Δὲ βγάζανε ἄχνα. Ὁ ἥλιος τσίτωνε τὴν τέντα του πάνου ἀπ' τὰ
κυπαρίσσια.
Μέσα τους πλέκαν ἥσυχα κόμπο τὸν κόμπο ἕνα τραγούδι
ἔτσι ποὺ πλέκουν οἱ ψαράδες στ' ἀκροθάλασσο τὰ δίχτυα τους.

Καμμιὰ φορὰ κόβαν καλάμια καὶ σκαλίζανε μὲ τὸ σουγιὰ φλογέρες
κ' ἔμεναν ἔτσι — δὲν τὶς παίζανε — καὶ λογαριάζανε
τί ἦχο νὰ βγάζει ἡ Κυριακὴ σὲ μιὰν αὐλὴ μὲ τὰ βασιλικὰ καὶ τὰ
γεράνια
τί ἦχο νὰ βγάζει ἡ ἀντηλιὰ στὶς πλάτες τῆς κοπέλας ποὺ ὅτι λούστηκε
τί χρῶμα νἄχει ὁ ἦχος τοῦ νεροῦ καθὼς ἀδειάζει ἡ στάμνα
τί στεναγμὸ νὰ βγάζει τὸ γαρύφαλλο τοῦ δειλινοῦ πέφτοντας στὸ
ποτάμι ὅπου ποτίζονται τ' ἄλογα καὶ τὰ βόδια
τί μυστικὰ νὰ λέει ἡ ἀστροφεγγιὰ τὰ γιασεμιά της ρίχνοντας στὴ
στέγη μας.
Μὰ ὁ ἥλιος εἶταν δυνατὸς — δὲ σ' ἄφηνε νὰ λογαριάσεις.

Κοιμότανε ὁ Ἄη-Γιώργης στὰ πλατάνια κάτου ἀπ' τὰ τζιτζίκια
τὸ ποτάμι ἀναβόσβηνε σὰν ἄγγελος μαλαματένιος μὲς στοὺς ἴσκιους
πέρα τὰ σπίτια λάμπανε σκόρπια στὰ δέντρα καὶ στὸν ἀέρα
κι ὅλη ἡ μεγάλη θάλασσα φέγγιζε μὲς στὴ θύμηση
ἔτσι ποὺ ἀντιφεγγίζει ἕνα παράθυρο σ' ἕνα ποτήρι τοῦ νεροῦ
φρεσκοπλυμένο.

Δὲν εἶχαν τίποτ' ἄλλο. Πίσω ἀπὸ τὰ γυάλινα βουνὰ περνοῦσε ὁ χρόνος
μὲ τὴν καπελαδούρα τοῦ ἥλιου ἀναγερτὴ στὸν ὦμο του
κι ὅ,τι τοὺς ἔπαιρνε ὁ ἀγέρας ἔμενε στὴν ξαστεριὰ σὰν τὸ λιωμένο
χιόνι μὲς στὶς ρίζες τοῦ ἔλατου
ἀπόμενε βαθιὰ στὴ σιγαλιὰ σὰν τὸ παλιὸ δαχτυλίδι στὴ στέρνα
ὡς μένει λάμποντας τὸ ἀλάτι μὲς στὴ φούχτα τοῦ ξερόβραχου
κι ὡς ἡ φουρτούνα ἀφήνει στὸ βυθὸ ἕνα δίχτυ ἀσημένιας ἡσυχίας.

IX

They sat in the olive grove beside their cows,
and not a sound was heard. The sun stretched his tent above the cypress
    trees.
Inside themselves they wove a song, knot by knot,
as fishermen weave their nets by the seaside.

Sometimes they cut reeds and carved pipes with their pocket knives,
pipes they never played, and they wondered
about the sound of a Sunday of geraniums and basil,
the sound the sun's afterglow makes upon the back of a freshly bathed girl,
the color in the sound of water poured from a jar,
the sigh given by a carnation which in the evening falls into a river where
    horses and oxen water,
the secrets of the starlit sky when it throws jasmins on our roof.
But the sun was strong, too strong for wondering.

St. George slept under the plane trees as the cicadas sang,
the river glittered in the shade, like a silver angel—
beyond, the scattered houses shone in the air among the trees,
and all the great sea glistened in their memory,
like the reflection of a window inside a freshly washed waterglass.

They had nothing else. Time passed behind glass mountains,
wearing the sun as a sombrero resting on its shoulders,
and what the wind took from them remained under the clear sky, like
    snow melting at the roots of a fir tree.
It rested in deep silence, like an old ring in a cistern,
like salt inside the hollow of a dry rock,
like the silver net of calm left in the sea's bottom by the storm.

X

Έτσι μὲ τὸ ξημέρωμα, ν' αὐτιάζονται οἱ λαγοὶ ποὺ ἀνακλαδίζεται
          ἡ τρυγόνα,
μὲς στὶς φωλιὲς τὰ χελιδόνια νὰ σκουντᾶν μὲ τὸν ἀγκώνα τὄνα τ' ἄλλο,
χτύπο τὸ χτύπο τὰ φτερὰ καὶ τὰ νερὰ νὰ μερμηγκιάζουνε στῆς σιγαλιᾶς
          τὶς ἀμασκάλες
κ' οἱ ἀγγέλοι πλένοντας τὰ τζάμια τοῦ παράδεισου χτύπο τὸ χτύπο
          τὸ τραγούδι
χτύπο τὸ χτύπο τῆς αὐγούλας ὁ ἀργαλειὸς φαίνοντας τοῦ ἥλιου τὸ
          ζουνάρι
νὰ ζώσει ἡ γῆς δέκα φορὲς τὴ μέση της καὶ νὰ χορέψει.

Ἡ θάλασσα μὲ τὰ γαλάζια της μαντίλια φέγγει τὸν ἀγέρα.
Πουρνὸ-πουρνὸ κατηφορᾶν τὰ πεῦκα νὰ λουστοῦνε
πουρνὸ-πουρνὸ τὰ τσοπανόπουλα κοιτάζουν ἀπ' τοὺς λόφους
ποὺ ἡ πούλια μὲ τὰ δυὸ της δάχτυλα ξηλώνει τοὺς γαλάζιους
          φραμπαλάδες της.
Ἡ δάφνη κ' ἡ μυρτιὰ τινάζουν στὶς κατηφοριὲς τὰ μεσοφόρια τους
κύματα ροβολᾶν τὰ δέντρα, κύματα οἱ καμπάνες
κύματα ροβολᾶνε κ' οἱ βαλαντωμένοι βλάχοι ἀπ' τὰ λημέρια τους
πετᾶν στὴν ἀμμουδιὰ τὶς βράκες τους καὶ ρίχνονται στὴ θάλασσα·
σὰν ἅγιοι τριχωτοὶ ποὺ ἀφῆσαν τὰ ραβδιά τους στὴν ποδιὰ τῆς
          Πενταγιώτισσας.
Κ' ἔχουνε μαῦρα κι ἄγρια τὰ μαλλιὰ σὰν τὰ καψαλιασμένα βάτα
κ' ἔχουν τὰ φρύδια πέτρινα καὶ τὰ νεφρά τους σιδερένια
κ' ἔχουν τὰ στήθεια τους στρωτὰ σὰν τὰ φτερὰ τῆς πέρδικας
καὶ σύγκορμοι εὐωδᾶνε τσίπουρο, μέλι καὶ βαρβατίλα.

Βιάσου, Κυρά, καὶ πρόλαβε — πρόβαλε πάνου στὸ βουνὸ ζωσμένη
          πέντε γύρους στάχυα,
ρίξε μπουκιὰ ἀπ' τὸ γέλιο σου στὸν πετεινὸ τοῦ φράχτη μας ποὖχει
          λειρὶ τὸν ἥλιο,
βιάσου, τὶ δὲν ἀντέχουν πιὰ τὰ φύλλα, τὰ νερά, τὰ παλληκάρια.

X

Daybreak. Hares prick up their ears and the turtledove yawns and
    stretches.
Inside their nests the swallows nudge each other;
flapping wings and tumbling waters tingle in the armpits of silence.
Angels wash the windows of paradise as they beat time for their song,
while morning's loom beats time, too, as it weaves a sash for the sun
so that the earth may gird itself ten times and start to dance.

The sea brightens the air with its blue kerchiefs.
At daybreak the pine trees go down to bathe,
at daybreak the shepherd boys look down from hills
where the Pleiades with their fingers tear their blue ruffles.
Laurels and myrtles shake their petticoats down the slope,
wave upon wave of trees and church bells charge downhill,
wave upon wave of wearied shepherds descend from their haunts
and throw their baggy pants upon the beach and plunge into the sea,
like hairy saints who left their staffs upon the lap of Pentayotissa.
Their hair is wild and black like singed thornbushes,
their brows are of stone and their loins of iron.
Their chests are as smooth as partridge wings,
and their whole bodies reek of raki, honey and lust.

Rush, Lady, to be on time. Loom over the mountain, girt with five rows
    of ears of corn,
and toss a mouthful of your laughter to the rooster which, sitting on our
    fence, wears the sun as its comb.
Hurry! Leaves, waters and brave young men can't bear it any longer.

Γρήγορα τὰ ρουθούνια τους, σὰν τοῦ τραγιοῦ, ρουφᾶνε τὴν ἁρμύρα
καὶ τὸ γαρύφαλλο στὰ σκέλια τους μὲς στὸ αὐγινὸ νερὸ αὐγαταίνει.

Ἄχ συγνεφάκι ἀπὸ γυαλὶ καὶ σήμαντρο ἀπὸ σύγνεφο
ντὰγκ-ντὰγκ στὰ κορφοβούνια οἱ ἀλιφασκιὲς κ᾽ οἱ πετροκότσυφοι,
μπαίνουνε τὰ καράβια στὴ στεριὰ μ᾽ ἑξήντα φλόκους ὄνειρα
μπαίνουν τὰ πρόβατα καὶ τ᾽ ἄλογα στὴ θάλασσα
κ᾽ ἡ θάλασσα ἀνεβαίνει στ᾽ ἄσπρα λιακωτὰ νὰ λιάσει τὰ σεντόνια της.

Ἀπάνου στὴν προβιὰ τοῦ χορταριοῦ ντὰγκ-ντὰγκ τὰ κουδουνάκια
μὲς στὸ πηχτὸ γαλάζιο γάλα τοῦ γιαλοῦ τὰ κίτρινα κουμπιὰ
        τῆς πούλιας
ντὰγκ-ντὰγκ καλόγνωμες ἑλιὲς φορτώνοντας τὸν ὄρθρο στὰ μικρὰ
        γαϊδούρια τους.

Γειὰ καὶ χαρά σου ὀμορφονιὰ ποὺ δένεις ὅλο τὸ ντουνιὰ μὲ τὶς χοντρὲς
        πλεξοῦδες σου
ποὖχεις τὶς βοῦλλες τῆς ὑγειᾶς στὰ μάγουλα καὶ στὸ πηγούνι,
δάγκωμα τῆς δροσιᾶς, γειὰ καὶ χαρά, στὸ σβέρκο τοῦ καπτὰν
        Καρακατσάνη.

Καὶ πάνου ἐκεῖ στὸ ξάγναντο ξωκκλήσι, μὲ τὰ χέρια του δεμένα γύρω
        στὸ ραβδί του
ν᾽ ἀκούει τὴ λειτουργία τῶν κορδαλῶν καὶ τῶν προβάτων ὁ
        Παπαδιαμάντης
τὸν ὄρθρο μουρμουρίζοντας καὶ «τ᾽ ὄνειρο στὸ κύμα».

Their nostrils, like those of a he-goat, inhale the brine
and the carnation between their legs rises into the dewy morning.

Ah, little cloud made of glass and bell made of cloud!
Ding-Dong! On mountain peaks sage and blackbirds.
Boats move up onto the land, all sixty jibs filled with dreams,
sheep and horses plunge into the sea,
and the sea climbs onto white terraces to spread out its sheets beneath the
    sun.

On the hidelike grass the ding-dong of little bells,
inside the thick blue milk of the beach the yellow buttons of the
    Pleiades.
Ding-dong. Good-natured olive trees load daybreak on their little
    donkeys.

Ah, what beauty! You bind the whole world with your thick tresses,
you who have the dimples of health on cheek and chin.
Your bite is soft as dew upon the neck of Kapetan-Karakatsanis.

And on the hilltop chapel, his hands clasping his staff,
Papadiamantis hears the litany of larks and sheep,
as he murmurs the matins and "Dream upon the Wave."

XI

Κυρά, Κυρά, θαλασσινή καὶ στεριανὴ μὲ τὰ λουλουδιασμένα μάγουλα
σφίγγοντας μὲς στὸ μποῦστο σου τὴν κάψα τοῦ Ἀλωνάρη
πότε κρατώντας στὴν ποδιά σου ἕνα καράβι μικροκάραβο
πότε σὰν Παναγιὰ Αἰγιοπελαγίτισσα ντυμένη μ᾽ ἕνα δίχτυ
νὰ κουβαλᾶς τὸ σούρπωμα στὴν κεφαλή σου τὸ πανέρι μὲ τὰ ψάρια
πότε ντυμένη μ᾽ ἀμπελόφυλλα, κυνηγημένη ἀπ᾽ τοῦ ἥλιου
    τὶς χρυσόμυγες πάνου στ᾽ ἁλώνια
ἀνάβοντας τὸ φίλημα στὰ λουλουδάκια τῆς μηλιᾶς
μπατσίζοντας τὶς λυγαριὲς μὲ τὸν ἀγέρα τῆς τρεχάλας σου.

Μηλὶ — βάι-βάι —μηλὶ-μηλίτσα τῆς ἀνηφοριᾶς
πῶς σοῦ τριανταφυλλίσανε τὰ μῆλα τῆς ἀγάπης ;

Σπᾶνε τὰ ρόδια στὴ ροδιὰ καὶ πέφτουν γέλια στὸ ποτάμι,
μὲ κουκουνάρια κυνηγιοῦνται οἱ κορασιὲς στὸ περιγιάλι
κι ἀχ ὁ δραγάτης δὲ βαστᾶ τέτοιο πουλὶ στὸν κόρφο του
κι ἀχ δὲ βαστᾶν οἱ βιολιντζῆδες τοῦ ἀμπελιοῦ τόσο οὐρανὸ
    μὲς στὰ βιολιά τους.

Πάνου στὸ φῶς τῆς θημωνιᾶς — ἀχού, κυρά μ᾽ — τὸ μεσημέρι
ἀνασκελώνει τὶς θερίστρες,
δαγκώνει ὁ τζίτζικας τ᾽ αὐτὶ κι ὁ νιὸς δαγκώνει τὴ γροθιά του
κι ὁ μπιστικὸς παίρνει στὸ στόμα του τὴ ρώγα τῆς καλοκαιριᾶς σάμπως
    τραγὶ στὸ πρῶτο βύζαγμα
νὰν τῆς ποτίζει τὸ σγουρὸ βασιλικὸ μὲ τοῦ βουνοῦ καὶ τοῦ Μαγιοῦ
    τὴ βρύση.

Τί πὰ νὰ πεῖ καημὸς καημός, Περβολαριά μου ἀσίκισσα,
ὄρτσα μελτέμια τοῦ καλοκαιριοῦ, γάμπιες καὶ φλόκοι τοῦ λεβάντε,
μπήξου μαχαίρι μαυρομάνικο στοῦ χάρου τὰ παγίδια.

XI

Lady of land and sea, Lady of the blooming cheeks,
you clutch to your bosom July's parching heat.
Now you hold on your lap a tiny boat,
now wrapt in a net, like the madonna of the Aegean sea
you carry, at evening, the fish basket upon your head,
now clothed in grape leaves, chased by the sun's drake flies on threshing
        floors,
with a kiss you set on fire the tiny apple blossoms,
while the osiers are lashed by the wind of your rushing motion.

Ah, apple tree, little apple tree on a slope,
how did your apples of love turn rose-colored?

Pomegranates upon the tree burst and laughter falls into the river,
young girls chase each other on the beach with pine cones,
and the vine-warden cannot bear such a bird in his bosom.
Ah, the fiddlers of the vineyard can't bear so much sky inside their
        fiddles!

My Lady, noon makes the young reaping girls sprawl upon a haystack of
        light.
The cicada bites its ear and the young man his fist;
the shepherd, like a male kid goat at first suckling,
takes into his mouth summer's nipple
to water her curly basil bush from the spring of mountain and May.

What is real yearning, my proud and defiant Lady?
Forward! etesian gales, topsails, jibs and east winds!
Black-handled knife pierce the ribs of Death!

Δῶ χάμου ἡ ναυτουριὰ γδυμνὴ μὲ τρεῖς παλάμες ἔρωτα
μετράει τὶς στράτες τοῦ ντουνιᾶ καὶ τοῦ ἥλιου τὶς χρυσὲς καμπάνες
κ' ἕνα μικρὸ κλεφτόπουλο καδουρντισμένο ἀπ' τὸ λιοπύρι
παίζει τὴ σδούρα τ' οὐρανοῦ πάνου στὰ γόνατά του.

XII

Ἥλιος πεσμένος μπρούμυτα νὰν τοῦ ψειρίζουν τὸ κεφάλι οἱ
    πικροδάφνες,
ὁ ἀγέρας ἔλυσε μεμιᾶς τῆς κερασιᾶς τοὺς κόμπους
τὸ μυστικὸ ξετύλιχτο στὴν ἀνοιχτὴ φτερούγα τοῦ μελισσουργοῦ
μιὰ ντουφεκιὰ στὸν οὐρανό, δυὸ πούπουλα στὸν ὦμο τῆς λιακάδας —
ζευγάρωσαν τὰ ἐλάτια μὲ τὰ φλάμπουρα
κ' οἱ πέτρες μὲ τὸ χνούδι τῆς δροσιᾶς φέξαν τὰ μονοπάτια.

Κυρὰ τῶν Ἀμπελιῶν, οἱ σπόροι ἀνακλαδίζονται κάτου ἀπ' τὰ
    πόδια σου,
σοῦ κρέμονται στὶς πλάτες τὰ μαλλιὰ σὰν πλατανόριζες —
ἄντε, κυρὰ ροδακινιά, ὄγάλε σεργιάνι τὰ πουλιὰ καὶ στὴ δοσκὴ
    τὰ σύγνεφα
δέσε δυὸ πῆχες ἴσκιο ὁλόγυρα στοῦ κάμπου τὸν καψαλιασμένο σδέρκο
    — κοίτα
κοντανασαίνει ὁ ζευγολάτης ὀγάζοντας τῆς λυγαριᾶς τὴν πουκαμίσα,
δυὸ πελεκάνοι κουβαλᾶνε ἀπ' τὸ καμπαναριὸ τὴν ἀχυρένια τους φωλιὰ
    νὰν τὴ φορέσεις ψάθα.

Ἄϊντε, Κυρά, λαχάνιασαν οἱ καστανιὲς τῆς Κρήτης,
γιὰ φέρε ἕνα φλασκὶ μὲ τσίπουρο καὶ δυὸ λαγοῦτα μαντινάδες
πέντε πεσκίρια γλάρου ἀπ' τὴ δραχοσπηλιὰ τῆς Νάξος γιὰ νὰ στρώσεις
    τὸ τραπέζι μας
τὶ καλοκαίριασε, Κυρά, καὶ πιὰ δὲν νταγιαντιέται ἡ πίκρα.

Here the naked sailors with a three-span erection
measure the roads of the world and the sun's golden bells,
and a youthful klepht parched by the burning sun
makes of the sky a spinning-top upon his knees.

XII

The sun fell forward on his face, and the oleanders are picking the
lice off his head.
The air undid the knots of the cherry tree,
the secret is unfolded on the bee-eater's spread wing,
a shot is fired toward the sky, two tufts of down rest on the shoulder of
sunshine.
Fir trees and banners are coupled,
and dew's down upon the stones lights up the paths.

Lady of the Vineyards, the seeds rise beneath your feet,
and your hair hangs upon your shoulders like the roots of a plane tree.
Come, Lady Peach, take the birds for a walk and the clouds to
pasture;
place a mantle of shade over the neck of the scorched plain—Look!
The ploughman pants as he peels a twig of osier,
two pelicans fetch from the belfry their nest of hay for you to wear as a
straw hat.

Come, Lady! the chestnut trees of Crete are out of breath.
Bring a gourd filled with raki, two lutes for Cretan song,
and five towels belonging to a seagull from the rocky cave of Naxos to
set our table.
Summer is here, Lady, and grief can no longer be contained.

Νάτες οἱ νιόνυφες μηλίτσες σαπουνίζουν τὸ ποτάμι,
οἱ χῆρες δέσαν 6ρακοζώνα τους τὸ μεσημέρι μ' ὅλα τὰ τζιτζίκια του
κι ἂχ ἡ μικρούλα ἡ ἀνύπαντρη δρώνει-ξιδρώνει (τί νὰ πεῖς;
μαλαματένια καὶ σγουρή),
στὰ δυὸ 6υζιά, στὰ δυὸ 6υζιά της (πῶς καὶ τί) σφίγγοντας τοῦ ἥλιου
τὸ φλουρί
ἂχ ἡ μικρούλα ἡ ἀνύπαντρη παίρνει ἄντρα τὸ περ6όλι.

Καλὲ ἀγωγιάτη ποὔ6αλες παπούτσια πλατανόφλουδο
ποὺ φόρεσες μαντίλι στὸ λαιμὸ τῆς νεραντζιᾶς τὸν ἴσκιο
καλὲ ἀγωγιάτη πῶς 6αστᾶς τὸ χνούδι τοῦ καλοκαιριοῦ νὰ γαργαλάει
τ' αὐτί σου
νὰ 6ουΐζουν τόσες μέλισσες μέσα στὸ παντελόνι σου
στοῦ τζίτζικα τὸ γύφτικο νὰ πελεκᾶνε τὸ σκουτάρι τοῦ Ἀχιλλέα
κ' ἐσὺ μ' ἔνα γαρύφαλλο νἄχεις τὸ στόμα σου φραγμένο;

Σφύρα το, σφύρα στ' ἀψηλὰ ν' ἀνοίξουν ὅλα τὰ παράθυρα τοῦ Θεόφιλου
νὰ 6γοῦν οἱ Πηλιορεῖτες νιόγαμπροι στὸ χοροστάσι
νὰ παίξουν παλαμάκια οἱ λεϊμονιὲς κ' οἱ 6ίγλες νὰ 6αρέσουν τὰ
μπουζούκια
κι ἀπ' τὸ 6ουνὸ ὣς τὴ θάλασσα σκαλὶ σκαλὶ ταράτσα μὲ ταράτσα
νἄρθει ἡ Ἀρετούσα νἄμπει στὸ χορὸ μὲ τοὺς Καπεταναίους
ν' ἀστράφτουν τ' ἄρματα στὴν ὄψη της κι αὐτὴ ν' ἀστράφτει
στ' ἄρματά τους.

XIII

Κυρά, σὲ τριγυρίζουν οἱ κωλοφωτιὲς μὲ τὰ μικρὰ φανάρια τους
ὁ ἴσκιος τῆς καρυδιᾶς 6ουλιάζει σὰν ταψὶ στ' ἀγριοχόρταρα
καὶ πάνου στὴν ποδιὰ τῆς σιγαλιᾶς πέφτουν τὰ 6ελανίδια.

The little apple trees, like new brides, cover the river with a sheet of
    petals.
Widows have made of noon and its cicadas a string for their drawers.
And, ah, the young unmarried girl keeps on sweating—what can one
    say? She is silver-white and curly—
and to her two breasts—don't ask how and why—
to her two breasts she clutches the golden sun
and, being still young and single, takes the garden as her husband.

Good mule-driver, from the bark of plane trees you've made shoes
and the shade of the bitter orange tree you wear on your neck as kerchief.
Good mule-driver, how can you bear to have the summer's down tickle
    your ear?
How can you stand it when so many bees buzz in your pants
while Achilles's shield is forged in the cicada's smithy,
and your lip is sealed with a carnation?

Whistle! Whistle as loud as you can so that all the windows Theophilos
    has painted will open,
the newlyweds from Pelion will fill the dancing floor,
the lemon trees will clap hands and the men on the look-out posts will
    play their bouzoukia.
From mountain down to sea, from rooftop to rooftop and step to step
Aretousa will join the chieftains in the dance,
the brilliance of her face a match for their flashing weapons.

XIII

Lady, the fireflies with their tiny lamps swarm round you,
the shade of the walnut tree sinks into the weeds like a baking pan,
and acorns fall upon the lap of silence.

Ποιό παραθύρι ἀνοίγει ἡ κορασιά δίχως ν' ἀγγυλωθεῖ μ' ἕνα ἄστρο
ποιός τοῖχος τῆς Ἑλλάδας δίχως νὰ σταθεῖ σὰν τῆς παλληκαριᾶς τὸ
στέρνο
ποιά μαχαιριά χωρὶς κραυγὴ καὶ ποιά κραυγὴ χωρὶς τραγούδι;

Κουμπώνουν τ' ἄστρα μὲ δυὸ ὁλόχρυσες σειρὲς κουμπιὰ τὴ στράτα σου
ἀράδα-ἀράδα οἱ ὧρες στέκουν στρογγυλὲς σὰν τὰ κεφαλοτύρια στὸ
πατάρι
σωπαίνουν μὲς στὴν κάβα τὰ βαρέλια σὰ γελάδες ἑτοιμόγεννες
τ' ἀμπάρια εἶναι ἥσυχα ὅπως εἶν' τὰ σύγνεφα μέσα στὴ νύχτα
καὶ στὴ σκεπὴ τὸ φίδι τοῦ σπιτιοῦ κοιμᾶται σὰν τὴν ἄγκυρα μὲς στὸ
καράβι.

Ψηλὰ ὁλογάει τὰ σπίτια ὁ Παντοκράτορας ὅπως ὁλογάει ὁ πατέρας
τὸ καρβέλι
καὶ δίπλα σου, Κυρὰ τῶν Ἀμπελιῶν, λαφροπατᾶ ἡ Μεγάλη Ἀρκούδα
καὶ πάνου ἀπὸ τὸ τζάκι κρέμεται τὸ καριοφίλι σταυρωτὰ μὲ τὴ
φλογέρα.

Ἔτσι νὰ κάνει νὰ τραβήξει ὁ ἄπιστος τρίχα ἀπ' τὴ σιγαλιὰ τοῦ
σταροχώραφου
ἔτσι νὰ κάνει νὰ πατήσει τὸ ζουνάρι τοῦ Καππτὰν-Μεσολογγιοῦ
θὰ τιναχτοῦν ἀπὸ ψηλὰ βιγλάτορες τὰ κυπαρίσσια
θὰ συναχτοῦνε τὰ κατάρτια τῶν καϊκιῶν τοῦ Διγενῆ κοντάρια
κοχύλες ἀπ' τὰ πέλαγα κ' ἐλιὲς ἀπ' τὶς ραχοῦλες
νὰ φράξουν τὴ μπασιὰ τοῦ κάστρου τῆς Ἀμίλητης
κι ἀγγέλοι μὲ καπότες ρουμελιώτικες θὰ κάτσουν μπρὸς στὰ καραούλια
καὶ γιομιτζῆδες Ἅγιοι στὴ ράχη τους θὰ κουβαλήσουν τὰ κανόνια
τοῦ 21.

Can a girl open a window without being stung by a star?
What wall in Greece does not stand like a brave breast?
What knifing without a scream, what scream without a song?

Two golden rows of stars flank your path,
the hours stand about you like round heads of cheese on the shelf,
barrels in the cellar are as silent as cows about to calve,
the grain bins are quiet like clouds in the night,
and upon the roof the house snake is sleeping like an anchor in a ship.

From high up the Almighty blesses the houses as father blesses the loaf
        of bread,
and next to you, Lady of the Vineyards, the Great Bear walks lightly,
while above the fireplace musket and pipe cross.

If the infidel as much as comes near the quiet field of wheat,
or if he as much as steps on the sash that Mesolongi—itself now a
        chieftain—wears,
the cypress trees will shake on the hilltops as they stand sentry,
the ships of Digenis will gather, their masts like spears,
shells from the sea and olive trees from the hills
will block the gate of Amilete's castle,
angels with shepherd capes will man the lookouts
and sainted captains will carry the cannons of '21 on their shoulders.

XIV

Στὸ Σπύρο ΒΑΣΙΛΕΙΟΥ

Ὄστριας καὶ Τραμουντάνας, θαλασσόλυκοι μὲ τὸ πηγμένο ἁλάτι στὰ
μουστάκια τους,
σὲ σκάλισαν, καλὴ Κυρά, σὲ πλώρη Βατικιώτικη ξεχτένιστη γοργόνα
μαντίλια στὸν πουνέντε τῆς Μονοβασιᾶς σοῦ γνέψανε τὸ ξεπροβόδισμα
νησιώτισσες μὲ κανελογαρύφαλλα σοῦ γράψαν τ᾽ ὄνομά σου στὰ
μηλοροδάκινα τοῦ Κλείδωνα
στῆς Καθαροδευτέρας τὴ λαγάνα σὲ κεντῆσαν μὲ μυρτόκλωνο
καὶ στὰ μαλλιά σου μπλέκουνται φύκια νωπὰ καὶ ροκανίδια ἀπὸ
κυπαρισσόξυλο.

Μάϊνα, Κυρά. Συρτὰ κουπιά. Στὸ περιγιάλι καλωσόρισμα τῆς
θαλασσοφαμίλιας.
Τοῦ ἀποσπερίτη πυροφάνι φέξε στὰ ρηχὰ νὰ κουβαλήσουν τὰ καλάθια.

Ἡ καπετάνισσα σταυρώνει τὸ ψωμὶ κι ἁγιάζει τὸ νερὸ τῆς στάμνας
κι ὁ κάβουρας αὐτιάζεται τὸ χτυποκάρδι τοῦ ἀχινιοῦ ποὺ μπλέχτηκε
μ᾽ ἕνα ἄστρο.

Τρατάρηδες στὸ καπηλειὸ κερνᾶν τὸ πρωτοπαίδι τους δυὸ κατοστάρια
θάλασσα
κ᾽ ἔξω ἀπ᾽ τὸ τζάμι τ᾽ ἀργυρὸ τραμπάλισμα τοῦ φεγγαριοῦ στὰ
γοτισμένα βότσαλα.

Μουγγὸ-μουγγὸ στὸ μεσονύχτι τ᾽ ἄραγμα τῆς τράτας ποὺ χτενίζει τὰ
ἰσκιονέρια μὲ κουπιὰ μαλαματένια,
ἀγκίστρια, πετονιές, νεροκολόκυθα — σιγὰ σιγὰ πῶς περπατᾶ τὸ ψάρι
ἀνάμεσα στὰ φύκια
καὶ πῶς σαλιώνει ἡ Γενοβέφα τὰ δυὸ δάχτυλα πλέκοντας τὶς
πλεξοῦδες της
καὶ πῶς ἀκοῦς τὸ χάραμα στὰ χοχλαδάκια ὁλόγυρα τὸ «φχαριστῶ»
τῆς πούλιας.

XIV

TO SPYROS VASILIOU

Weather-beaten old seadogs with salt crystals on their moustaches
carved you, Good Lady, on the prow of a ship from Vatiki as a
    mermaid with flowing hair.
Kerchiefs waving in Monovasia's west wind bade you farewell,
women from the islands wrote your name with cinnamon and clove
    on the apples of Klidonas.
Your figure was embroidered with a myrtle branch on the flat sesame
    bread of the first Monday of Lent,
and your hair is tangled with damp seaweed and sawdust from cypress
    tree wood.

Easy, Lady! Just drag the oars. The fisherman's family is getting ready
    to welcome him on the shore.
Shine upon the shallows the evening star's light so that they can fetch
    the baskets.

The captain's wife crosses the bread and sanctifies the water in the jar,
while the crab listens to the wild heartbeat of a sea urchin that tangled
    with a star.

Trawlers at the tavern treat their firstborn sons to two decanters
    of sea
and outside the windowpane a silver moon is seesawing upon the damp
    pebbles.

In the stillness of midnight the trawler docks and combs the dusky waters
    with its silver oars.
Hooks, fishing-lines, gourds—how quietly the fish glides among the
    seaweed!
One wonders how Yenovefa moistens her fingers as she braids her hair
and how at daybreak round the purple-fish one hears the Pleiades say
    "Thank you."

Νυχτέρια τοῦ νησιοῦ στὶς μπαλκονόπορτες πάνου στὰ ξάγναντα τοῦ
   δυόσμου —
ὄρθιες κι ἀμίλητες οἱ μοσκοθυγατέρες τῶν καπεταναίων
κι ἀπάνου στὸ κεφάλι τους νὰ στραφταλίζουν τ᾽ ἄστρα σὰν πανέρια
   μὲ χρυσόψαρα,
— οἱ ἀρραβωνιαστικὲς τοῦ πέλαγου, μὲς στὴν ὑπομονή τους ὀργισμένες.

Ἄχ, ναυτικὲ καημέ μας, τὸ μαράζι τῆς μεγάλης θάλασσας ποὺ παίρνει,
   παίρνει, παίρνει —
φανάρια γαλανὰ στὶς βίγλες τοῦ μεσονυχτιοῦ καὶ πλῶρες ποὺ ξεσκίζουν
   σὰ σπαθιὰ τὸν ὕπνο τῆς μπουνάτσας —
ξένα καράβια σημαδεύουνε τῆς περιστέρας τ᾽ ἄσπρο μπαλκονάκι
καὶ στοὺς Γουλάδες τὰ παλιὰ κανόνια σὰ μονόφθαλμα δελφίνια.
Σιγά-σιγὰ μὴν πάρει ὁ μοῦτσος μυρουδιὰ τὸ ντέρτι τῆς καλῆς του
μὴ θυμηθεῖ κι ὁ σφουγγαρὰς τὴ μάνα του ποὺ ξώμεινε παντέρμη στὸ
   μουράγιο
μὴ θυμηθοῦν κ᾽ οἱ σκοτωμένοι τὸ αἷμα τους ποὺ ἐχύθη στὰ λιθάρια.

Δυὸ φορὲς μάνα, μάνα μας, μπαλώνοντας τοῦ ναύτη τὴ φανέλα
μπαλώνοντας τὴ θύμηση, τὰ κάστρα, τὰ πορτοπαράθυρα,
κρεμώντας χάντρα γαλανὴ στοῦ βουτηχτῆ τὸν κόρφο,
κάνε σιγὰ τὴν προσευκὴ καὶ μέτρα μέσα σου ποιοί λείπουν
ποιές μαυροφορεθήκανε, ποιοί κάτσανε σκυφτοὶ στὸ παραγώνι
ἔτσι ποὺ μένει σταυρωμένο τὸ χταπόδι στοῦ ψαρᾶ τὸν τοῖχο.

Κάνε καρδιά, Κυρά μ᾽, Κυρά μ᾽, καὶ μάσα τοῦ καημοῦ μας
   τὰ δαφνόκουκκα
μὴν πάρει σβάρνα ὁ ἀμανὲς τοῦ φεγγαριοῦ τ᾽ ἄσπρα πεζούλια
κι ἀπὸ γλαροσπηλιὰ σὲ λιακωτὸ φυσήξουν τὰ πανιὰ τῆς ἄνοιξης
καὶ μὲς σὲ κάντρα ἀπὸ κοχύλια μὴ δακρύσουν οἱ καπεταναῖοι
μὴ ρουθουνίσουν οἱ παλιὲς λαβωματιὲς κι ἀχνίσει τῆς εἰκόνας σου
   τὸ τζάμι.

On the islands people keep awake on their balconies, their mint-scented
    lookouts.
Sweet-smelling daughters of ship captains stand in silence,
and on their heads stars sparkle, like baskets filled with goldfish.
They are betrothed to the sea and they wait in patience and anger.

Ah, the yearning for the sea, the secret yearning for the great sea, the
    sea that takes and takes and takes.
Blue lamps at the midnight watch, and prows that like swords cleave the
    calm of the sleeping sea.
Ships from far away use the dove's white balcony as a mark
and at the fortresses the old cannons are like one-eyed dolphins.
Hush! Otherwise the ship-boy will get wind of the desire of his beloved,
the sponge diver will remember how his mother was left all alone on
    the breakwater,
and the dead will remember how their blood was spilled on the rocks.

Twice, Mother, oh Mother, mend the sailor's undershirt,
mend remembrance, castles, doors and windows,
and hang a blue bead upon the sponge-diver's breast.
Pray softly and slowly and within yourself count those no longer with us;
count the women dressed in black and those who sat with drooping heads
    by the fireplace,
motionless as the octopus left spread-eagled by the fisherman upon the
    wall to dry.

Courage, my Lady! Chew our yearning's laurel seeds
before the mournful song of sorrow sweeps away
the stone benches on which we sit, benches blanched by the moonlight,
before the sails of spring are unfurled from the seagull's cave on the terrace
before sea captains let their tears fall into seashell frames,
before the old wounds breathe again to steam the glass of your icon.

XV

Κυρά, τί παίρνεις τὰ βουνὰ καὶ τί λακᾶν τὰ σύγνεφα;
Σήμερα μπαίνουνε τὰ πρόβατα στὴ στρούγγα τῆς βραδιᾶς καὶ βάφουν
        μαῦρο τὸ μαλλί τους
σήμερα βάφει κι ὁ ἀητὸς τὰ νύχια του ὁλοκόκκινα,
τί μπούκαραν οἱ ἀντίχριστοι καὶ πλάκωσαν τ᾿ ἀμπέλια μας
κόβουν τὸ σύκο ἀπ᾿ τὴ συκιὰ καὶ τὸ μωρὸ ἀπ᾿ τὴ ρώγα
κόβουν τῆς Παναγιᾶς τὸ χέρι σύρριζα καὶ τὸ πουλᾶνε στὸ παζάρι —
σύγνεφο ἀκρίδες στὰ σπαρτὰ καὶ ροκανᾶν τὸν κάμπο,
ἡ μαχαιριὰ ἡ πισώπλατη κ᾿ ἡ νυφοστολισμένη ὀχιὰ μὲ τὴ διπλὴ
        τὴ γλώσσα.

Ποιός κάθεται τώρα, Κυρά, μὲ τὴ φλογέρα νὰ γνοιαστεῖ τὰ πρόβατα
        τῶν ἴσκιων
καὶ ποιός τὰ ἐλάτια στὰ νερὰ τοῦ γαλαξία νὰ διαφεντέψει;
Μὲς στ᾿ ἄδεια κιούπια μας βροντᾶν χιλιόχρονοι θυμοὶ
        πάππου προσπάππου
μὲς στὰ βαρέλια τοῦ κρασιοῦ βογγᾶν χιλιάδες καλοκαίρια
τὸ κοντογούνι τῆς γιαγιᾶς μὲς στὸ σεντούκι ἀναλογᾶται
        Μπουμπουλίνες
καὶ μὲς στὸ κανοκιάλι τοῦ καραβοκύρη ξύπνησαν μπουρλότα καὶ
        Κανάρηδες καὶ σοροκάδες.

Κυρά, Κυρά, ντύσου ξανὰ τὰ κλέφτικα, τ᾿ ἀσίκικα, ψηλὰ στὰ
        κορφοβούνια
ζώσου τ᾿ ἀστέρια τρίδιπλα στὸν κόρφο φυσεκλίκια
βάλε μὲς στὸ ταγάρι σου τῆς Παναγιᾶς τὸ κόνισμα μαζὶ μὲ
        μπαρουτόσκαγα —
τσομπαναραῖοι Ἀπόστολοι χτυπᾶνε τῆς Ἁγιὰ-Σοφιᾶς τὰ σήμαντρα
κ᾿ οἱ ἐλιὲς οἱ βλάχες οἱ Μακεδονίτισσες τραβᾶν τὶς ἀνηφόρες
κ᾿ οἱ ἀποθαμένοι στὰ σκαλιὰ τῆς ἐκκλησιᾶς λαδώνουνε τὰ καριοφίλια
        μὲ τὸ λάδι τῆς καντήλας.

XV

Lady, why do you wander on the mountains, why do clouds scatter?
Today the sheep enter the sheepfold of night and dye their wool black.
Today the eagle paints its claws deep-red,
because the antichrists are ravishing our vineyards.
They cut off figs from the fig trees and babies from the nipple,
they cut off the madonna's arm and sell it in the market.
Swarms of locusts are chewing crops and land.
A knife thrust in the back and, decked out like a bride, the fork-tongued
    viper.

Who has time now, Lady, to play the pipe for sheep resting in the
    shade,
and who has time to care for fir trees watered by the Milky Way?
Age old anger rattles inside our empty jars, a thousand summers sigh
    inside the wine barrels,
grandmother's short coat inside the chest thinks of Bouboulina,
and inside the ship captain's spyglass fire-ships, Kanaris, and southeast
    winds are all astir.

Lady, put on your defiant klephtic clothes, gird yourself on mountain
    peaks
and with stars make three bandoliers on your bosom.
Place the madonna's icon in your bag, amid gunpowder and bullets.
Shepherds turned to apostles beat Saint Sophia's bells,
olive trees, like the shepherd women of Macedonia, climb the hills,
and the dead upon the stairs of churches oil their muskets with oil from
    the icon lamp.

XVI

Μιλιά. Μιλιά. Διπλὲς - τριπλὲς ἀμπάρες φράξανε τ' ἀμπέλια μας.
Κλεῖσε τὸ στόμα σου, Κυρά, κλεῖσε καὶ τὸ παράθυρο τοῦ ἀποσπερίτη.
Κάτω ἀπ' τὴ μαύρη σου ποδιὰ σφίξε τὰ δώδεκα κλειδιὰ τῆς νύχτας.
Ἔξω ἀπ' τὴν πόρτα μας περνᾶν οἱ σιδερόφραχτοι σιδεροφράζοντας
τὰ στάχυα.

Σφίγγει στὸν κόρφο της ἡ μάνα μας τῆς σιγαλιᾶς τὴ Βίβλο.
Βασίλεψε στὴν πίκρια τοῦ σπιτιοῦ ὁ δίσκος ὁ ἀσημένιος σάμπως
ψόφια μέδουσα
καὶ τὰ παλιὰ χαλκώματα στὰ νοικοκυρεμένα ράφια
μαυροκοκκίνισαν ἀγάνωτα σάμπως φεγγάρια στῆς ἑρμιᾶς τὸ στρίψιμο.
Περνᾶν οἱ σιδερόφραχτοι, σιδεροφράζοντας σκάφη καὶ στάμνα.

Μιλιά. Τὰ καρφοπλούμιστα σεντούκια πετρωμένα —
φανέλες ναυτικὲς καὶ φέρμελες κι ἄσπρα τσουράπια καὶ τουζλούκια
παππουδογονικὰ θυμητικά, παλιὰ σπορά, σακκοῦλες μὲ τοὺς
λουλουδόσπορους —
τὸ καραβάκι κρεμασμένο ἀπὸ τὸ μεσιανὸ δοκάρι
κάντρα στὸ σκῆμα τῆς καρδιᾶς ποὺ κλείνουνε τὸν ὅρκο τῆς φαμίλιας
ἅγιοι θαλασσινοὶ ζωγραφιστοὶ μέσα σὲ πίννες κι ἀχηϐάδες
κι ὅλος ὁ ἀγέρας τοῦ σπιτιοῦ πηγμένος στὰ δυὸ στέφανα μὲ τὰ κερένια
λεμονάνθια.
Κάτι σαλεύει κάτου ἀπὸ τὴ σιγαλιά — δὲν εἶναι οἱ κατσαρίδες,
εἶναι τὸ φίδι τὸ πανάρχαιο τοῦ σπιτιοῦ ποὺ τὸ σκουντάει μὲ τὸν
ἀγκώνα της ἡ περηφάνεια.

Περνᾶν, περνᾶν οἱ σιδερόφραχτοι — τὸ μαῦρο πόδι, μαῦρο πάτημα,
μαῦρα λεβέτια κουβαλᾶν νὰ βάφουν μαῦρα τὰ περϐόλια μας
μαῦρο νὰ βάψουν τὸ νερό, καὶ τὸ καρϐέλι μαῦρο.

XVI

Hush! the gates to our vineyards are shut with triple bars.
Close your mouth, Lady, and close the evening star's window.
Under your black apron hold tight the twelve keys of the night.

The ironclad ones pass by our door and fence the ears of corn with iron.

Our mother clutches the Bible of silence to her bosom.
Like a dead jellyfish, in the bitterness of our house the silver tray has
      lost its gleam,
the old copper vessels on the tidy shelves,
untinned for long, have turned dark-red, like desert moons.
The ironclad ones are passing and they coat with iron our kneading
      trough and our water jar.

Hush! the studded chests have turned to stone—
sailors' sweaters, gold-embroidered vests, white stockings, leggings,
family heirlooms—old roots!—bags full of flower seeds—
the little boat hanging from the crossbeam,
heart-shaped pictures with pledges of familial love on them,
sea saints painted on wing-shells and shellfish.
And all the air inside the house has grown thick round the two wedding
      crowns with the waxen lemon blossoms.
But under the silence something stirs. It is not the cockroaches.
It is the old house snake nudged by pride.

Oh yes, the ironclad ones pass—black foot, black step.
They bring black cauldrons to paint our gardens black,
to paint our water black, to paint our bread black.

Φεγγάρι παγωμένο σὰ σπασμένη ρόδα τοῦ ἀραμπᾶ στὸ δρόμο ἀπ' ἔξω,
τὸ ἀλέτρι, γκόλφι στὴν καρδιὰ τοῦ κάμπου, ἀπίστομο,
ἡ ἀξίνα προσευχὴ στὴν ξώπορτα, καὶ τὸ χωράφι ἀπ' τὸ δρεπάνι
κρεμασμένο.

Τώρα διπλώνει τὴν καρδιὰ ὁ παππούς ὅπως διπλώνει στὴν πετσέτα
τὸ ψωμὶ μετὰ τὸ δεῖπνο
κι ὅπως διπλώνει ὁ κυνηγὸς τὰ μπαρουτόσκαγα προτοῦ κινήσει γιὰ
τὸ δάσος
καὶ κεῖθες κάτου στὸ γιαλὸ ὁ ἴσκιος τοῦ καραβιοῦ μονάχος μεγαλώνει
ἔτσι ποὺ μεγαλώνει ἡ στάλα τοῦ λαδιοῦ πάνου στὸ μάλλινο τῆς πίκρας.

XVII

Σὰν τί μαντάτο φέρνει ὁ γλάρος στὴν ἀπανεμιὰ τοῦ κάστρου μας —
ποιός νὰ παστρέψει τώρα μὲ τὰ νύχια του τῶν ἀστεριῶν τὰ κουκουνάρια
καὶ ποιός νὰ μείνει στὴν ποδιά σου, μάνα μας, νὰ καθαρίζει μπιζελάκια;

Σπουργίτι ποὺ γεννάει τ' αὐγά του στ' ἄχερο τῆς ἐρημιᾶς
ἀνηφοριὲς τοῦ ῎Αη-Θεριστῆ ποὺ λιβανίζει ἡ μαντζουράνα
αὐλόπορτες τῆς ἄνοιξης στοῦ δειλινοῦ τὸ μοσκολίβανο
βρύσες ποὺ στριμώχτηκαν στὶς ἀλυγαριὲς ἀνάμεσα
κι ἀράδα-ἀράδα οἱ στάμνες στὰ περβάζια τοῦ ὕπνου δροσισμένες —
κάτι ποτίζουν σιωπηλὰ στὴ ρίζα ρίζα τὴν ἀθώρητη
κάτι ἑτοιμάζουν μὲς στὸ χέρι μας ποὺ οὔτε τὸ μάτι δὲν τὸ ξέρει.

Κυρὰ τῶν Ἀμπελιῶν, Κυρὰ τῆς Θάλασσας, μὲ πεταλίδες κι ἄστρα
κολλημένα στὶς κοτσίδες σου,
καράβια πᾶνε κ' ἔρχουνται μὲς στὸ μουγγὸ ἀνεμόβροχο,
τρεῖς ναῦτες, τρεῖς ὀμορφονιοὶ σοῦ φέρνουνε δυὸ ταμιτζάνες
φῶς ἀπ' τοὺς μεγάλους κάβους.

The moon is frozen like a broken cartwheel by the roadside,
the plough, like an amulet on the heart of the plain, is turned upside down,
the pickax is praying by the door, and our fields hang from the sickle.

Now grandfather folds his heart as he folds bread in his napkin after
    dinner,
or as the hunter folds gunpowder and pellets in paper before he sets out
    for the forest.
And over there by the shore the shadow of a ship grows by itself,
like a drop of oil on the woolen cloth of bitterness.

XVII

What tidings is the seagull bringing to our windless castle,
who can now scrub with his nails the pine cones of the stars,
and, mother, who can stay on your lap to shell peas?

A sparrow lays its eggs on hay in the desert,
the marjoram burns incense before the slopes of Saint June,
the doors of spring at evening are fragrant with lavender
and streams strive for room amid the osiers.
The cool water jars standing in sleepy rows
always water something round the invisible root,
and always prepare something in our hands, something unseen even by
    the eye.

Lady of the Vineyards, Lady of the Sea, on whose tresses mollusks and
    stars have stuck,
boats come and go in the silent drizzle,
and three handsome young sailors bring you two demijohns of light from
    the great capes.

Ποιός θὰ σὲ φτάσει τώρα στὸ φεγγάρι ποὺ χτυπᾶς φλουρὶ στοῦ
βιολιτζῆ τὸ κούτελο;
Πέφτουν τὰ πικραμύγδαλα στὴ στέγη μας πιὸ πέρα ἀπ᾽ τὰ μεσάνυχτα
στὸν πέρα μῶλο τὰ καράβια βουλιαγμένα
στὴν πέρα γειτονιὰ τῆς πυρκαϊᾶς τ᾽ ἀποκαΐδια
σιδερικὰ καὶ σπίτια καπνισμένα
καὶ τὰ φανάρια τοῦ νοτιᾶ στὰ καλντερίμια μπρούμυτα
τὰ καραούλια θεόγυμνα καὶ τ᾽ ἄλογα σφαγμένα.

Μιὰ Κυριακὴ στὴ ντάπια τοῦ νησιοῦ βαρέσαν τὰ κανόνια
καὶ μπῆκε ἡ προσφυγιὰ ἡ ἁλμυροπότιστη κάτου ἀπ᾽ τοῦ κόρακα
τὸν ἴσκιο
καὶ τὰ τραπεζομάντιλα ξεκρέμαστα στὴν ἀστραπὴ φέξαν τὸν πόνο
τῆς ἐλιᾶς καὶ τοῦ μωροῦ τὴν κούνια.

XVIII

Κλεῖσε, Κυρά, τὰ παραθύρια. Καβατζάρει ὁ ἄνεμος τῆς νύχτας.
Μπαίνει ἀπ᾽ τὴ χαραμάδα ἡ παγωνιὰ κι ἀχνίζει τὸν κατρέφτη.
Στὴ στέγη ἡ προκαδούρα τῆς φουρτούνας σπάει τὰ κεραμίδια
καὶ μόνο τὸ ἄχ τοῦ λυχναριοῦ σταυροκοπιέται μὲς στὸ δῶμα.

Σιγά, σιγά, μὴν τρίξει τὸ σανίδι. Στὸ κελλάρι ὁ ποντικὸς
μασάει τὴ μετζεσόλα τῆς σιωπῆς. Σιγὰ — ποιός εἶναι;
Ἀνοίγει ἡ πόρτα μόνη της καὶ μπαίνει ἡ θαλασσοδαρμένη Δέσποινα.
Κάτου ἀπὸ τὴ μασκάλη της κρατάει τὰ ροῦχα τοῦ πνιγμένου
— ἡ πατατούκα ἡ ναυτικὴ κ᾽ ἡ ραβδωτὴ φανέλα
κ᾽ ἡ χάρτα μὲ τὴν ἔγνοια του μελετημένη στ᾽ ἄστρα
κ᾽ ἕνα ἀμπελόφυλλο ἀπὸ ξύλο — ἀκροπρεπίδι τῆς Γοργόνας.

Δάγκωσ᾽ τὰ χείλια σου, Κυρά, μὴν ἀκουστεῖ τὸ σκούσμα.
Συδαύλα τὴ φωτιὰ — μηδὲ ὁ στερνὸς μηδὲ κι ὁ πρῶτος.

Who can lift you to the moon, now that you slap a florin on the
     fiddler's forehead!
After midnight the bitter almonds fall on our roof,
and boats are sunk near the distant breakwater.
The fire has turned neighborhoods to ashes and rubble.
Iron tools and sooty houses,
street lamps blown by the south wind lie on cobblestones,
the lookouts empty and the horses slaughtered.

On a Sunday at the dugouts of the island the cannons boomed,
the refugees, soaked in brine, came in under the crow's shadow,
and tablecloths blown about in the thunderstorm emblazoned the
     grieving olive tree and the baby's cradle.

XVIII

Lady, shut the windows. The night wind doubles the cape.
The frost comes through the chink and steams the mirror up.
The storm breaks the roof with its hobnails,
and only the sighing lamp makes the sign of the cross inside the house.

Step lightly, or else the floor will creak. The mouse in the cellar
chews the heel of silence. Quiet! Who is it?
The door opens by itself, and the sea-beaten Lady enters.
Under her arm she holds a drowned man's clothes,
a sailor's great coat, a striped sweater,
a logbook studied under the light of stars,
and a wooden vineleaf—the Mermaid's ruffle.

Bite your lips, Lady. The scream must not be heard.
Poke the fire! He is neither the first nor the last to drown.

Σπίθα τὴ σπίθα ἡ ἀστραπὴ φωτίζει τὰ μπακίρια στὸ πατάρι
καὶ τὸ μεγάλο σπιτικό μας διπλοκρέββατο μ' ὅλους τοὺς μπρούντζους του
      μὲς στὸ σκοτάδι ἀνάβει
σὰν Ἐπιτάφιος τοῦ σπιτιοῦ ποὺ ὅλος μοσκοβολᾶ πορτοκαλάνθι καὶ
      μπαρούτι.

Κι ἀπόμακρα μουγγὸ μουγγὸ κορφὴ κορφὴ τὸ κορφοβούνι
μέσ' ἀπ' τὰ γιαταγάνια τῶν κυπαρισσιῶν τὸ μέγα μπουμπουνίδι
σὰ νὰ κυλάει ὁ ἄγριος θεὸς τῆς Κρίσης τὰ καζάνια.

XIX

Βουβὰ ἡ ἐλιὰ διαβάζει μέσα της τὸ πέτρινο βαγγέλιο
τ' ἀμπέλια βράζουν τὸ θυμὸ γιὰ τὸ μεγάλο δισκοπότηρο τοῦ Ἀγώνα
— ἀχ τοῦ καημοῦ λιβανιστήρι, ἡ Ἅγια Πύλη βρόντηξε:
«σώνουν τὰ σαραντάμερα τῆς νήστειας καὶ τῆς πίκρας
τὰ κόλλυβα σωθήκανε κ' ἡ Παναγιὰ ἁρματώθη».

Κυρά, τὰ πατερμὰ τῆς νύχτας ἄναψαν καψούλια
κι ἀπάνου στὰ ψηλὰ βουνὰ ξημέρωσαν οἱ σπάθες
κι ἀστροβολᾶν οἱ ἀνηφοριὲς κι ἀχολογᾶν οἱ βίγλες
κ' ἕνας ἀητὸς τρανὸς ἀητὸς ἀπ' τὸ Σταυρὸ τῆς Γκιώνας
φέρνει τὴ διάτα τοῦ Κυροῦ σὲ πλάκα μαρμαρένια:
«Σήμερα ἀνοίγει ὁ οὐρανὸς τὰ παραθύρια τοῦ ἥλιου,
νὰ σκούξουνε τὰ σήμαντρα κ' οἱ ἀγγέλοι νὰ σαλπίσουν —
σήμερα ἀρχίζει στὰ βουνὰ τὸ μέγα πανηγύρι
τ' Ἅη-Θυμαριοῦ ἡ ἀνάσταση τ' Ἅη-Ἔλατου τὸ γλέντι».

In the loft the lightning shines on the copper vessels,
and the great brass bed of the house is lit up in the darkness
like an Epitaphios in the house, fragrant with orange blossoms and
    gunpowder.

And in the distance hollow sounds from peak to peak
resound, and in the thunderstorm the cypress trees bend like yatagans—
It is the savage god of the Day of Judgment and his boiling cauldrons.

XIX

The olive tree reads to itself the petrified gospel,
and in the vineyards anger boils wine for the great chalice of the Struggle.
Ah, the incense-burner is filled with yearning and the Holy Gate thunders:
"The forty days of bitterness and fasting are over,
no more memorials for the dead, the Madonna is armed."

Lady, the paternosters of the night are firing shots,
up on the high mountains swords are gleaming,
the slopes are glittering, the lookouts resound,
and an eagle—a great eagle—from Giona's Cross
brings the Lord's behests written upon a tablet of marble:
"Today the sky is opening the windows of the sun,
bells should scream and angels blare their trumpets.
Today upon the mountains the great feast begins,
the resurrection of Saint Thyme, the revel of Saint Fir."

XX

Τοῦτο δὲν εἶναι πόλεμος τοῦτο δὲν εἶναι ἀμάχη
τοῦτο εἶναι μέρα τῶν Φωτῶ τοῦτο εἶναι χοροστάσι
τ' Ἄη-Θυμαριοῦ ἡ ἀνάσταση τ' Ἄη-Ἔλατου τὸ γλέντι.

Ἐδῶ τὰ δέντρα μάχονται μαζὶ μὲ τοὺς ἀνέμους
ἐδῶ βρυχιοῦνται τὰ βουνὰ καὶ τὰ χοντρὰ κοτρώνια
τ' ἀστέρια βόλια σφεντονᾶν καὶ τὸ φεγγάρι μπάλες
κι ὁλημερὶς κι ὁλονυχτὶς μὲς στοῦ ἥλιου τὸ καζάνι
μαῦρο κατράμι κοχλακᾶ γιὰ τῶν ὀχτρῶν τ' ἀσκέρια.

Ἔχ, τί λαγοῦτα καὶ βιολιὰ καὶ κλέφτικα νταούλια,
οἱ πίπιζες τοῦ πλάτανου, τοῦ πεύκου τὰ σαντούρια —

Στραφτοκοπᾶν στὸν ἄνεμο τὰ χρυσοπετραχήλια
γιορτάζουν τὰ καμπαναριὰ μὲ τὶς χρυσὲς καμπάνες
οἱ ἄσπροι σταυροὶ τῶν φλάμπουρων φωτᾶν τὰ μεσονύχτια
κι ἀγγέλοι ἀπὸ γυαλὶ καὶ φῶς μ' ὁλάνοιχτες φτερούγες
φωτᾶνε τὰ ἐλατόδασα καὶ τ' ἀϊτομονοπάτια.

Καὶ σύ, Κυρὰ τῶν Ἀμπελιῶν, φορώντας τὶς σημαῖες
γιομίζεις τὰ σταφύλια σου μ' αἷμα καὶ δυναμίτη
στὸν ἄνεμο τινάζοντας τὰ θέμελα τοῦ χάρου.

XX

Who could call this simply war or battle?
This is the day of Epiphany, this is a mighty dance,
the resurrection of Saint Thyme, the revel of Saint Fir.

Here trees battle the winds,
here the mountains and the boulders roar,
cannon shots come from the moon and bullets from the stars,
and all day and all night long in the sun's cauldron
black pitch seethes and bubbles for the enemy hordes.

Lutes and fiddles and klephtic drums
shrill pipes under the plane trees, santouris under the pines.

Gilded stoles glitter in the wind,
belfries with golden bells are feasting,
white crosses on the banners turn midnight to day,
and angels of light and glass with their wings spread out
shine over forests of fir and eagle paths.

And you, Lady of the Vineyards, dressed in flags,
you fill your grapes with blood and dynamite
to blow up into the wind the foundations of death.

XXI

Πᾶν, πᾶν, τραβᾶνε, σκουντουφλᾶν κουτσαίνοντας οἱ χάροι
πᾶν, πᾶν οἱ σιδερόφραχτοι μὲ τὶς σπασμένες πόρτες
μὲ τοὺς σπασμένους τοὺς σταυρούς, μὲ τοὺς σπασμένους μῆνες
καὶ τὰ κλαδιὰ τοὺς κυνηγᾶν καὶ τὰ πουλιὰ τοὺς φτύνουν
κ' ἡ κοκκινόμαυρη φωτιὰ τοὺς παίρνει τὸ κατόπι
κ' οἱ σκοτωμένοι τοὺς σφαλᾶν μὲ κόκκαλα τὴ στράτα.

Πίσω καπνίζουν τὰ χωριὰ κ' οἱ πολιτεῖες μουγκρίζουν
καὶ πίσω ἀπ' τὰ κατάμαυρα τῆς πυρκαϊᾶς ντουβάρια
καὶ πίσω ἀπὸ καπνῶν σταυροὺς κι ἀπὸ σπαθιῶν γεφύρια
νάτη ἡ αὐγὴ τινάζοντας τὸν ἥλιο της παντιέρα —
ἡ σάλπιγγα τῆς λευτεριᾶς καὶ τ' ἄστραμα τοῦ δίκιου,

Κ' ἡ βάβω μας πετούμενη σὲ μυγδαλίτσας κλῶνο
μὲς ἀπὸ τ' ἄσπρο σύγνεφο τεντώνει γιὰ δοξάρι
τὴ βέρα της, καὶ βέλη της πέντε καλτσοβελόνες.

Καὶ κεῖ πάνου στὸν Ὄλυμπο στέκει ὁ Τρανὸς Τσομπάνος
μὲ τὴ φλοκάτα τοῦ χιονιοῦ, μὲ τὸ ζουνάρι τοῦ ἥλιου
καὶ βγάζει τὴ χερούκλα του πάνου ἀπ' τ' ἀρνιὰ τοῦ πάγου
βλογώντας τ' ἄστρα τῶν κλεφτῶν καὶ τῶν σπαθιῶν τὸ φέγγος
βλογώντας φλάμπουρα ψηλὰ καὶ κούνιες καὶ μνημούρια.

XXI

Stumbling and limping the dealers of death are gone.
Gone are the ironclad ones with the broken doors,
the broken crosses and the broken months.
The trees hound them down, birds spit on them,
the dark-red fire presses close at their heels,
and the dead block their roads with bones.

Behind them villages smolder and cities bellow;
behind, the coal-black burnt-out rafters,
behind, crosses of smoke and bridges of swords.
The dawn looms and shakes the sun as banner—
freedom trumpets, justice flashes.

Our grandmother perched upon an almond tree branch
from inside a white cloud makes a bow of her wedding ring
and arrows of her knitting needles.

And up there on Olympus the Great Shepherd stands,
girt with the sun and covered with snow.
He raises his hand over lambs of ice
to bless klephtic stars and gleaming swords;
to bless high banners, cradles and graves.

XXII

Κυρά τῶν Ἀμπελιῶν, ποὺ στύλωσες ἀπάνου ἀπ᾽ τὶς καμένες στέγες μας
    τὸ οὐράνιο τόξο
Κυρὰ ποὺ φέρνεις τὸ κριθάρινο ψωμὶ καὶ τὸ κρασὶ στὸ δεῖπνο τῶν
    τσοπάνων
καὶ μὲ τὶς πλάτες σου στεριώνεις τὰ δοκάρια τοῦ φτωχόσπιτου,

Κυρὰ ποὺ εὐώδιασες ξανὰ τὴ σιγαλιὰ στὰ παστρικὰ σεντόνια
κ᾽ εἶναι τὸ σπίτι σὰν ἀμπάρι καραβιοῦ μετὰ ἀπὸ τὴ φουρτούνα
κι ὁ σφουγγαρὰς κοιμᾶται μὲς στὶς σπίθες τῶν ψαριῶν καὶ τρέχουν
    στὰ μαλλιά του οἱ ἀχηβάδες
καὶ χώνει ὁ καπετάνιος μὲς στὸ κιάλι του τὸ κόνισμα τῆς τραμουντάνας
κι ὁ Ἀρματωλὸς κρεμάει τὸ καριοφίλι του κάτου ἀπὸ τὴν καντήλα —
ὥρα μουγγὴ ποὺ ἀράζουνε οἱ ἐλιὲς μὲς στὴν ὑπομονή τους
καὶ μόνο λιγοστὸς ἀφρὸς παίζει μὲ τὸ φεγγάρι
ἀπάνου ἀπ᾽ τ᾽ ἄλμπουρα τῆς βουλιαγμένης πολιτείας —

Πῶς νὰν τὸ πεῖς τὸ φλάμπουρο ποὺ τίναξες στὸν οὐρανό, τὸ
    χιλιοτρυπημένο
πῶς νὰν τὸ πεῖς τὸ πέλαγος μὲ τὶς μπουροῦνες τοῦ ἄνεμου μὲ τοῦ νεροῦ
    τὰ σήμαντρα
πῶς νὰν τὰ πεῖς τ᾽ ἀμπέλια ποὺ ἀφηνιάσανε καὶ κάλπασαν μὲς στὸ
    αἷμα τους;

Μὲ ποιές κοχύλες ναυτικές, ποιές σάλπιγγες τῶν ἔλατων
νὰ φέρεις τὸν καημὸ καὶ τὸ θυμὸ μέσα στὴ φλέβα τῆς σιωπῆς καὶ
    στῆς αὐγῆς τὸ στόμα;

Βαθιὰ βουβὰ μανταλωμένο χάραμα. Τ᾽ ἀστέρι στάχυ κρέμεται μπροστὰ
    στὸ παραθύρι
πάνου στὰ καραούλια τοῦ νησιοῦ τῶν κανονιῶν οἱ μποῦκες
    ἀχνιστὲς κοιτᾶν τὰ οὐράνια

XXII

Lady of the Vineyards, on our burnt roofs you buttress the rainbow.
Lady, you bring the barley bread and the wine to the shepherd's supper,
and with your shoulders you support the beams of poor houses.

Lady, you spread fragrance again on clean sheets,
and the house is like the hold of a ship after the storm.
The sponge diver sleeps among the sparkling fish and the shellfish run
     through his hair.
The captain puts into his spyglass the icon of the north wind,
the mountain fighter hangs his musket under the icon lamp.
It's a still time. The olive trees hug their patience,
only a bit of foam plays with the moon
over the masts of the sunken city.

What may one name the banner you unfurled into the sky, the banner
     with the thousand bullet holes?
What may one name the sea with its wind blowing through conchs and
     its water bells?
What may one name the vineyards that bolted and galloped in their
     blood?

With what seashells, what trumpets made of fir
may one bring yearning and anger into the vein of silence, into the mouth
     of dawn?

The daybreak is muffled and still. A star hangs before the window, like
     an ear of corn.
Up on the island's lookouts the smoking cannon mouths stare into
     the sky.

σφίγγει μέσα στή φούχτα του τό ρόϊδι ρόδινο χαλάζι
καί πάνου στό τετράγωνο τραπέζι τοῦ σπιτιοῦ στέκει γιά κούπα τοῦ
κρασιοῦ μιά σκαλισμένη ὀβίδα.

XXIII

Τό σπίτι εἶναι ἥσυχο, βαθύ, σάν Ἐπιτάφιος τό Μεγάλο Σάββατο.
Βουβά βουβά. Λείπει τό σῶμα Του. Τ' ἀστέρια λιώνουν τό κερί τους
στό ξημέρωμα.
Ἔξω στό δρόμο πατημένα τά πορτοκαλάνθια.
Καί μέσα ἐδῶ, στόν τοῖχο κρεμασμένα σταυρωτά τό καριοφίλι κ' ή
φλογέρα.

Κυρά τῶν Ἀμπελιῶν, μυρίζει ἀκόμα ή ἀμασκάλη σου καμένο πεῦκο
καί θυμάρι.
Μές στό σεντούκι τό χαρτί τοῦ Μακρυγιάννη τρίζει σάν τήν πεταλούδα
στό κουκούλι
κι ἀκοῦμε πέρα ἀπό τόν κάμπο σά χελιδονοτιτίβισμα
τό στρίμωγμα τῶν σταφυλιῶν πού κουτουλιοῦνται μές στ' ἀγιάζι
κι ἀκοῦμε κάπου στό γιαλό ν' ἀνηφορίζει ὁ ἀχινιός στό γόνατο
τῆς ἄνοιξης.
Ἀκόμα ή στράτα σκοτεινή. Κράτα, Κυρά, τή σπάθα ἀκόμη
ξεκλειδώνοντας τίς νύχτες μας.
Θύμιαζε μέ μπαρούτι τά κονίσματα. Δέν ἦρθε ἀκόμα ή ὥρα.
Γύρω ἀπ' τά δέντρα κουλουριάζεται ή σιωπή σά ναρκωμένο φίδι.
Τύλιχ' το τ' ἄσπρο σπίτι μας τρεῖς γύρους σπάγγο μέ κερί ἀλειμμένο
τῆς εἰρήνης
ν' ἀκούσουμε τή βουή τῆς περασμένης τρικυμίας τραγουδισμένη ἀπ' τά
κοχύλια τῆς ταζέρας

The pomegranate clenches into its fist rose-colored hail,
and on the square table of the house there stands a shell-case carved into a
    wine bowl.

XXIII

The house is deeply silent, like an Epitaphios on Easter Saturday.
Hush! The Savior's body is missing. The stars' wax melts at daybreak.
Out on the streets the orange blossoms have been stepped upon,
and inside the house upon the wall musket and pipe cross.

Lady of the Vineyards, your armpit still smells of burnt pine wood and
    thyme.
Inside the chest the paper on which Makriyannis wrote creaks like a
    butterfly in its cocoon.
And from the distant plain we hear the swallows chirp,
the grapes crack as they jostle in the hoarfrost,
and down on the shore the sea urchin climbs the knee of spring.
The road is still dark. Lady, keep on holding the sword so that we can
    keep our doors unlocked at night;
burn gunpowder before the icons. The hour has not yet come.
Silence is coiled round the trees like a snake in hibernation.
Round our white house wind a triple string and with wax make a candle
    and dedicate it to peace,
that we may hear the shells upon the shelf hum the howl of the storm
    that passed,

ν' ἀκούσουμε τ' ἀδράχτι τῆς γιαγιᾶς νὰ βουΐζει σὰ χρυσόμυγα στὸ
    φωτισμένο τζάμι
κ' ἔτσι ξεσφίγγοντας τὰ δάχτυλα νὰ σὲ χαϊδέψουμε στὸ στόμα τῆς
    φλογέρας.

XXIV

Κυρὰ τῶν Ἀμπελιῶν, ποὺ ἡ κάπνα τῆς φωτιᾶς σου ἄχνισε τὰ γαλάζια
    μάτια καὶ τὰ μαῦρα φρύδια
τί σιγανὸ τὸ βῆμα σου κάτου ἀπ' τὰ κυπαρίσσια
τί σιγανὴ μιλιὰ τῆς δόξας στὰ τετράγωνα τῆς πυρκαϊᾶς
νὰ λέει μὲ πόσο «γάλα ἀνδρείας καὶ ἐλευθεριᾶς» βύζαξες τὰ ὀρφανά σου
νὰ λέει μὲ πόσον αἷμα πότισες τὰ φυλλοκάρδια τοῦ ἀμπελιοῦ νὰ δώσει
    τὸ βαθὺ κρασὶ τοῦ δισκοπότηρου.

Κι ὅπως περνάει ἀπ' τὴν Ὡραία Πύλη ὁ Δέσποτας κρατώντας τ' ἅγια
    τῶν ἁγίων
ἔτσι περνᾶς κάτου ἀπ' τὴν πύλη τῶν σταυρῶν κρατώντας στ' ἀνοιχτά
    σου χέρια τὴ φαρδειὰ σπάθα τοῦ Ἀγώνα
σὰ νὰ κρατᾶς μιὰ πλάκα φῶς μὲ τῆς Εἰρήνης τὸ δεκάλογο
σὰ νὰ κρατᾶς τὸν ἥλιο τὸ νιοβάφτιστο ποὺ στάζει ἀπ' τ' οὐρανοῦ τὴν
    κολυμπήθρα.

Τώρα ἡ αὐγὴ κ' ἡ νύχτα σμίγουν ὅπως δένονται τὰ δέκα δάχτυλα γύρω
    στὸ γόνα τῆς γαλήνης
καὶ μόνη ἐσύ, Κυρὰ τῶν Ἀμπελιῶν, μέσα στὸ χάραμα,
νὰ σκίζει ὁ μέγας ἴσκιος σου τὸν κάμπο σὰν καράβι
καὶ πάνου ἀπὸ τὰ λιόδεντρα τὰ δυό σου χέρια ἀσάλευτα δεμένα
σάμπως ἕνα ἅγιο περιστέρι ποὺ κρατάει στὸ ράμφος του
μιὰ δέσμη φῶς ἰσοζυγιάζοντας τῇ ζυγαριὰ τοῦ κόσμου.

ΑΘΗΝΑ, 1945 - 1947

that we may hear grandmother's spindle buzz like a drake fly on the
    bright windowpane.
Then we will unclench our fingers to caress you at the pipe's mouth.

XXIV

Lady of the Vineyards, the soot from the fire has settled on your blue
    eyes and dark eyebrows.
How quiet your step under the cypress trees,
how quiet the talk of glory in streets ravaged by fire,
as it says with how much milk of bravery and freedom you have
    suckled your orphans.
The dark wine of the chalice came from all the blood with which you
    watered the heart of your vineyard.

And as the bishop passes through the Fair Gate holding the sacred
    vessels,
so, too, you pass through the gate flanked by crosses holding in your
    hands the Struggle's broad sword
as if you held a tablet of light with the decalogue of Peace
or as if you held the sun like a baby just baptized, who is dripping with
    water from the sky's baptismal fount.

Now dawn and night mingle as the ten fingers clasp the knee in repose,
and you, Lady of the Vineyards, at daybreak
cleave with your great shadow the plain, like a ship,
and your two hands are locked tightly above the olive trees,
like a sacred dove that holds in its beak
a wisp of light and balances the scales of the world.

Athens, 1945-1947

NOTES

Here Mesolongi has become a chieftain wearing a sash whose end, defiantly trailing behind, is a challenge to those who threaten freedom. If they step on it, "Kapetan-Mesolongi" will fight as fiercely as the besieged once did.

Digenis is a figure from the Byzantine past. He is the hero of a great cycle of epic plays.

Amilete, "The Silent One," is a figure of Greek folklore.
By '21 in Greece one collectively refers to the bloody War of Independence, which officially started on March 25, 1821.

47 *Klidonas:* the word refers to the practice of divination carried out usually by young girls on June 24, feast day of St. John Prodromos. Objects, such as rings, buttons, etc., are dropped into a bowl filled with water while the name of a person is uttered. These objects are contemplated upon and then, as they are taken out of the water, the spontaneously composed verses which accompany this act are credited with mantic significance. Occasionally, apples took the place of jewels.

Yenovefa is a heroine of dramas and sentimental novellas, all of which go back to a fifth or sixth century folk tradition of central Europe. She is a figure of chastity and conjugal fidelity.

51 Bouboulina was a heroine of the Greek War of Independence. Having commanded her own flotilla in naval battles against the Turks, she has become—much like her klephtic counterparts—a symbol of great courage.

Kanaris distinguished himself during the Greek War of Independence by causing repeated disasters to the Turks through his "fire-ships" (bourlota).

59 The Epitaphios is a structure which simulates the tomb of Christ and which is carried in processions on Good Friday. In the villages of Greece, it is the schoolchildren who gather the wild flowers and tree blossoms which are used in the decoration of the Epitaphios.

The Struggle here, of course, is the Greek resistance against the country's fascist conquerors.

The "Holy Gate," more commonly "The Fair Gate" (and in Orthodox Churches in the U.S. the "Royal Gate"), is the central gate of the wooden structure (iconostasis) which separates the congregation in a Greek Orthodox church from the officiating priest.

Giona is a mountain which figures in several klephtic ballads. Giona's Cross is a ridge of this mountain.

Saint Fir, Saint Thyme, etc., sound extremely quaint in English, but in Greek folk song and folk tale practically everything is animate and everything is endowed with feeling and speech.

63 The Great Shepherd could be Christ or Zeus, or both of them combined into one great patriarchal figure which watches over the fortunes of the race.

67 "The paper on which Makriyiannis wrote" is the paper on which he wrote his famous memoirs about the Greek War of Independence.

YANNIS RITSOS

Yannis Ritsos was born in Monemvasia, Lakonia, in 1909. His early poems are scattered in literary journals of the late twenties and the early thirties. The publication of "Tractors" in 1934 marked the beginning of a mighty poetic river which in its uninterrupted flow in the last forty three years has made a contribution to modern Greek poetry that is astonishing both for its prodigious volume and its high quality. He has been translated into practically all European languages, and lavishly praised by some as one of the greatest poets of our times and by others as the greatest poet of our times. To some extent, it is a bit early to assess the full impact of his work, especially in the English-speaking world which, on the whole, is inclined to reward excellence in Greek poetry only when it conforms to lines established by the best of its own luminaries, especially T. S. Eliot. Ritsos does not belong to this tradition, and he bewilders critics who are used to poetry that thrives on intellectual elitism. In his poetry, ordinary objects and ordinary humble people are raised to levels of dignity and sanctity through their own intrinsic worth. The miracle that unfolds itself in his poetry is the ever-fresh discovery that all things are sacred to those who approach them as priests and all things are poetic to those who approach them as poets.

Ritsos is a poet of the people, first of the Greek people and then of all people. He is a poet of the people because he addresses the people with words and images that are alive for them and not with the esoteric codes which are the stuff of poetry which aims at excluding everyone but the members of various literary clubs. His political views have cost him the pain of long exile and illness. But his spirit has remained unbroken and his dedication to dignity and freedom for all men unflagging. In Greece, many of his poems are becoming virtual folk songs. Recognition from abroad has come in the form of honorary memberships in academies and prestigious international prizes, the last of which was the 1977 Lenin Prize for Peace. But one should not make the mistake of seeing his poetry as political propaganda or socialist preaching. Ritsos is, above all else, a poet, and, as such, interested in poetic experience and ultimately in the redeeming truth which only poetry can capture. He is a man who has lived his poetry so that poetry may live through him.

APOSTOLOS N. ATHANASSAKIS

Apostolos N. Athanassakis, the translator, is a professor of Classics at the University of California at Santa Barbara. In addition to numerous book reviews and scholarly articles chiefly on the Early Greek Epic, he has published translations of the *Apocolocyntosis Divi Claudii, The Life of Pachomius, The Homeric Hymns,* and *The Orphic Hymns.* He is co-author, with Professor Benjamin Schwartz, of *The Judaeo-Greek Hymns of Jannina,* and his first two collections of poetry, *Apeirotan* and *Antilaloi tês Ziouras,* were published in Greece in 1969 and 1975, respectively.